AF199567

Dann mal gute Besserung!

Wer zuletzt lacht,
hat es vorher einfach nicht kapiert.

Rudi Hans Böhret

Dann mal gute Besserung!

Bibliografische Information der deutschen Nationalbibliothek
Die deutsche Nationalbibliothek verzeichnet diese Publikation in der
Deutschen Nationalbibliografie; detaillierte bibliografische Daten sind
im Internet über http://dnb.d-nb.de abrufbar.

©Erste Auflage 2020

Gesamtherstellung:
Herstellung und Verlag:
BoD - Books on Demand, Norderstedt
Umschlaggestaltung und Karikaturen: Rudi Hans Böhret
Lektorat: Tobias Bumm

ISBN 9-783751-95136-4

VORlaut oder doch eher NACHdenklich?

Das Problem bei einem neuen Buch, das sich bevorzugt aktuellen Themen widmen möchte ist, dass es bereits beim Erscheinen wieder zu einem erklecklichen Teil von der Gegenwart eingeholt oder gar überholt ist.

Als ich gegen Ende 2019 den Titel für dieses Gedruckte festlegte, konnte ich zudem nicht im Geringsten ahnen, dass dieser nun auch noch durch Corona in doppelter Hinsicht aktuell sein würde. „Dann mal gute Besserung!" zwingt mich also nicht nur, warnend den Zeigefinger zu heben, weil unsere einst so heile Gesellschaft dank ausuferndem Wohlstandsdenken immer mehr zu Verblödung und Verrohung neigt, sondern auch verstärkt zum Nachdenken und einer gewissen Demut. Auch wenn es hart klingen mag: Vielleicht brauchten wir alle einen solchen Warnschuss, der uns wieder normal agieren und reagieren lässt. Oder wenn ich das Zitat auf der Titelseite des SPIEGEL Nr. 17 übernehme: „Jetzt oder nie: Der Corona-Schock birgt die Chance auf eine bessere Welt."

Noch funktioniert der Zusammenhalt in der Bevölkerung, auch wenn es für viele fast über ihre Kräfte geht, als da beispielsweise sind Beschäftigte in medizinischen Berufen, Pfleger, Angestellte im Lebensmitteleinzelhandel, Polizisten, Busfahrer, Lokführer, und, und, und… Und die vielen Alleinerziehenden ohne Full-time-Job. Ich rede also beileibe nicht über hochdotierte Auto-Premium-Schrauber, denen praktisch kampflos Kurzarbeitergeld gewährt wurde (für das wir übrigens alle aufkommen) und denen auch noch zusätzlich Prämien für besondere Leistungen aufgedrängt werden – Beschäftigungsgarantie als Zugabe. Damit soll aber keineswegs eine Neiddebatte losgetreten werden. Aber was mich einigermaßen beruhigt ist, dass es derzeit auch für SUV-Fahrer keine Fußballspiele gibt, keine Biergärten, Kneipen und Discos geöffnet sind. Die Menschheit ist plötzlich „gleicher" geworden. Und das erinnert mich mal wieder an meine ersten Lebensjahre, in denen ich bei Luftalarm sämtliche Bunker und Kellerräume der Umgebung von innen kennenlernen durfte und ich mit kindlicher Dankbarkeit erfüllt war, wenn mir ein US-Panzerkommandant aus seinem Kettenfahrzeug eine Packung Kaugummi zuwarf. Auch an die Nachkriegsjahre, in denen wir alle – egal welchen Standes – gleich arm waren. Aber diese Zeit war geprägt von gegenseitiger Unterstützung und Rücksichtnahme, Solidarität, Respekt und Achtung für den anderen. Überheblichkeit und Hochmuth Fehlanzeige. Diese Erkenntnisse haben mich geformt – für mein ganzes Leben. Dafür bin ich dankbar und es macht mir leichter, die derzeitigen Zustände zu ertragen. Und noch etwas: Zurzeit lese und höre ich nur noch von **Forderungen** von Wirtschaftsverbänden aller couleur, Hotel- und Gaststättenverband, Automobilherstellerverband, Tourismusverband und dergleichen. Wäre es nicht in Anbetracht der besonderen Umstände vielmehr angebrachter, um etwas zu **bitten?**

Da passt es ins Bild, dass auf internationaler Ebene überwiegend politische Clowns dafür sorgen, dass sie (fast) niemand mehr für voll nimmt. Der eine legt sich per Twitter ständig nicht nur mit seinen Landsleuten, sondern mit dem ganzen Rest der Welt an, während sein ihm nicht nur vom Äußeren her ähnelnder Kollege den Brexit lobpreist. Andere angeblich demokratisch orientierte Präsidenten wiederum protzen mit Atomwaffen oder drohen damit, ihre Grenzen für neue Flüchtlingswellen zu öffnen.

Doch zurück in unser gelobtes Land. Bei Discountern und Supermarktketten waren die Regale dank Hamsterkäufen leergefegt. Besonders gefragt Red Bull, Tiernahrung aller Art, Mehl, Nudeln und K l o p a p i e r ! Letzteres verstand ich nun überhaupt nicht, bis mich ein intelligenter Mitbürger aufklärte: Bei häuslicher Quarantäne käme unbeschreibliche Langeweile auf, die nun durch „Rollenspiele" reduziert werden könnte. Aha! Wenn man früher zu einer Fète (jetziger Stand: maximal fünf Personen) eingeladen war, überreichte man der Dame des Hauses einen Blumenstrauß. Heute würde sie sich bestimmt viel mehr über eine Rolle Klopapier freuen. Natürlich leiden wir alle gleichermaßen unter diversen Einschränkungen. Zum Beispiel schreit meine Kopfbehaarung seit Wochen nach einem Radikal-Rückschnitt. Aber nachdem sogar die Bürstenfrisur unseres Ministerpräsident akzeptiert aus der Form gerät... Gaststätten- und Biergartenbesuch tabu. Wie auch? Essen und Trinken mit Maske? Disco wäre machbar, da die dort praktizierten „Tänze" in Form von unrhythmischen Zuckungen sowieso im Abstand von zwei Metern stattfinden. Aber Bordellbesuch für brünftige Herren? Sex in 1,50 Metern Entfernung?

Zum Glück gibt es ja Leopoldina: „Die Situation, wie wir sie jetzt haben, muss enden! Schrittweise zwar, aber wir müssen damit beginnen, damit die **Wirtschaft** am Leben erhalten bleibt." Komisch, mich alten Sack am Leben zu erhalten, davon spricht niemand.

Enden müsste demnach wohl auch, zum Beispiel die Teilnehmerzahl an Beerdigungen auf maximal zehn zu begrenzen. Leider haben diesen Einschnitt Mitbürger in Heilbronn – der Großstadt vor meiner Haustüre – immer noch nicht kapiert. Über (a)soziale Netzwerke wurden 200 Personen zu einer Trauerfeier eingeladen. Ähnliches gilt auch für feiersüchtige Gäste von Türken-Hochzeiten, die per Autokorso mit freudigem Gebrüll, voll aufgedrehten Radios, Halbmondfahnen, Gehupe und Schreckschusswaffen durch die Straßen der Innenstadt rasen. Obwohl doch Innenminister Strobl immer wieder daran erinnerte, welche drastischen Strafen bei Zuwiderhandlungen drohen. Er war es ja auch, der die Bevölkerung aufforderte, Verstöße zum Beispiel in der Nachbarschaft (Grillparty mit 6 Personen) unverzüglich der Polizei zu melden. Für solches Denunziantentum ließen sich bestimmt noch ehemalige geschulte Stasi-Mitarbeiter finden.

Das Robert-Koch-Institut ließ über ihren Präsidenten, den gelernten Veterinärmediziner Prof. Wieler in medienprächtiger Dauerpräsenz verkünden, dass die Maßnahmen zur Eindämmung des Virus nun messbar Wirkung zeigten. So stecke ein infizierter Mensch im Durchschnitt lediglich nur noch einen weiteren Mitmenschen an. Doch erst, wenn ein Infizierter nur noch 0,9 Menschen anstecke, lasse die Pandemie langsam nach.

Wir haben es ja noch gut, denn von einer konsequenten Ausgangssperre wie in anderen Ländern ist bei uns keine Rede. So kontrollieren zum Beispiel in Katmandu Polizisten auf den leeren Straßen, ob das Verbot auch penibel eingehalten wird. Entdecken sie einen Pandemie-Sünder, verfolgen sie diesen und fangen ihn korrekt mit Hilfe einer Zange ein, die an einer zwei Meter langen Stange befestigt ist. Ich kann es mir einfach nicht verkneifen, auch zu dem brisantesten Thema unserer Zeit den mächtigsten Herrscher zu Twitter kommen zu lassen. Ich zitiere:

Donald Trump mit Weitblick bereits am 02.02.2020: „Wir haben das, was aus China kommt, so ziemlich ausgeschaltet!"

Ende März: „Wenn wir zwischen einhundert und zweihundert Tausend Toten haben, dann haben wir alle zusammen gute Arbeit geleistet."

Und soeben hat er für sich die Entscheidungsfreiheit im Streit über eine Lockerung der Einschränkung des öffentlichen Lebens mit folgenden Worten reklamiert: „Wenn jemand Präsident der Vereinigten Staaten ist, hat er allumfassende Macht."

Ich wünsche Ihnen als Leser meines Buches, dass Sie dies alles aushalten und Sie und Ihre Familie gesund bleiben!

Der Autor

Rudi Hans Böhret
genießt sein „zweites Leben" als (Un-)Ruheständler völlig smart-phone-fummelfrei und genauso entspannt wie kreativ in der Drei-Flüsse-Stadt Bad Friedrichshall.

Neben seinem Hauptberuf als Diplom-Verwaltungswirt (FH) eine jahrzehntelange erfolgreiche künstlerische Karriere als Maler, Karika-turist, Fotograf skurriler Schnappschüsse, Songtexter.

Autor von 16 heiter-satirischen Büchern unterschiedlichster Genres.

Achtzig Ausstellungen – unter anderem gemeinsam mit Udo Linden-bergs Likörellen und Heiko Sakurais preisgekrönten politischen Kari-katuren.

Er verfügt über ein schier unerschöpfliches Reservoir an Humor und zündenden Ideen. Bereits in Jugendjahren Mitglied des Kabaretts „Die Mittelreifen". Mitwirkung bei den „Strudelliteraten", einer Ver-einigung von Literaturschaffenden.

Nebenberuflich jahrelang Inhaber einer florierenden Gastspieldirek-tion.

Zahlreiche hochrangige Promis aus Politik, Sport, Medien und Gesell-schaft (vom Bundespräsidenten über Minister, Ministerpräsidenten, Wirtschaftsbosse, Medien- und Sportstars) dürfen sich aktuell an ih-ren von Böhret wohldosiert überzeichneten Portraits auf Kaffeetas-sen erfreuen; ihre Dankschreiben erfüllen den konsequenten Autodi-dakten mit reichlich Stolz.

Ein weiterer Gag ist die von dem Weltmarktführer in Sachen Unter-setzer gefertigte Musterkollektion mit seinen Karikaturen und Kaffee-hausmädels auf Bierdeckeln.

Auch ohne zusätzliche Aufzählung seiner breit gefächerten Hobbys zweifelt man keinen Augenblick an seiner Behauptung, dass man aus seinem bereits heute recht erfüllten Leben problemlos mindestens drei Normalbürger schnitzen könnte.

Auch *inhaltsschwere Gedanken* sollten irgendwie geordnet sein, deshalb findet man solche auf

…und dazwischen immer wieder eingestreut meine liebevoll überzeichneten Promi-Gesichter – in Kombination mit Abbildungen Alter Meister. Ergänzt mit (un)passenden und aussagefähigen Zitaten.

Aktualisierter Mitschnitt aus der Veranstaltung

„KRIMI-LESUNG, KABARETT & KARIKATUREN"

im November 2019 in der Gaststätte Schnitzel-Charly
in Bad Friedrichshall:

Auch wenn sie das angeblich wichtigste Klientel unseres *Gemeinwesens* ist, sollte man den Politikern nicht übertrieben viel Aufmerksamkeit widmen; lassen wir sie also sozusagen links liegen, vielleicht auch rechts oder in der Mitte, oder halbrechts oder halblinks. Wobei man die Formulierung *„Gemein-Wesen"* durchaus wörtlich nehmen kann. Diese dank unserer Wählerstimmen bevollmächtigte Schicht fällt aber unter Artenschutz und hat bekanntlich das Privileg, viel zu reden ohne wirklich etwas zu sagen.

Beginnen wir mit unserer vom Saarländchen *regierungserfahrenen* Verteidigungsministerin Annegret Kramp-K(n)arrenbauer, kurz AKK genannt und bestens bekannt als „Faschings-Gretel" mit Kittelschürze und Scheuerbesen. Sie will sich übrigens dafür einsetzen, dass unsere Soldaten nun auch im Afrikaeinsatz Freifahrscheine für die dortige Wüstenbahn erhalten. Besonders zeigte sie sich angetan von meiner Empfehlung, die dort stationierten Fallschirmjäger zwecks vertiefter Ausbildung über Kakteenfeldern abspringen zu lassen.

Und auch meine Idee, beim demnächst anstehenden Manöver in der Lüneburger Heide die vom Rost angefressenen Kampfpanzer nach Beendigung der hiesigen Rübenkampagne per Deutz-Schlepper und Nostalgie-Traktoren zum Einsatzort ziehen zu lassen, begeisterte sie. Die Luftwaffe könnte man mit Segelflugzeugen der örtlichen Vereine verstärken. Nur bei den U-Booten der Marine sollte man bedenken, dass diese womöglich nur für eine Tauchtiefe bis maximal fünf Meter ausgelegt sind.

Aber zumindest kann sie jetzt nicht mehr ausge**merz**t werden.

Dann ist da ja noch der von Amts wegen dauergesunde Jens Spahn, der sich zuletzt sogar im Kosovo und in Mexiko bemühte, Betreuungskräfte für unsere Pflegeheime anzuwerben. Bleibt zu hoffen, dass auch ein paar weibliche darunter sind. Dank Coronavirus ist er aktuell in sämtlichen Tröpfchen.

Die Genossen übten sich derweil in Paarungs-Spielchen für den Parteivorsitz. Obwohl alles dafür sprach, dass das Votum für den coolen Häm-Börger Olaf ausgehen würde, machte letztendlich ein genauso namenloses wie bundespolitikunerfahrenes Duo das Rennen, welches die GroKo eigentlich lieber heute als morgen beenden wollte.

Da haben wir es im „Ländle" doch viel bequemer. Unser grüner Winfried ist schließlich der beliebteste Ministerpräsident bundesweit. Ein volksnaher Landesvater, dessen urschwäbischer Dialekt jeden sofort voll konzentriert aufhorchen lässt.

Wenn überhaupt jemand stolpert, dann passiert dies meist auf Bundesebene. Wie zum Beispiel im letzten Jahr der Peter Altmeier bei seinem überzeugenden Abgang von einer digitalen Bühne. Ausgerechnet dieser beliebte, nein, das muss wohl heißen: dieser **beleibte** Wirtschaftsminister. Dass er gerne in der Wirtschaft **isst**, nimmt man ihm widerspruchslos ab. Fragt man sich also, wie es ihm gelang, ausgerechnet auf die Nase zu fallen. Wäre er ein Judoka, hätte er sich wenigstens abrollen können. Aber so! Und überhaupt – er ist doch sonst nicht so auf den Kopf gefallen.

Von der geplanten Bon-Pflicht für Gewerbebetriebe ist er gar nicht begeistert. Dabei geht es doch angeblich vor allem darum, Steuerschlupflöcher auszuschließen oder zumindest zu reduzieren. Warum soll also auch nicht für Bäckereien und Imbissbuden gelten, was zum Beispiel bei Discountern, seriösen Restaurants bis hin zur Tankstelle längst selbstverständlich ist? Selbst, wenn ich bei der Postfiliale eine einzelne Briefmarke kaufe, erhalte ich einen „Kassenbon". Wenn man dafür jetzt nur noch ein wiederverwertbares Druckpapier erfinden könnte...

Ich bin übrigens sehr dankbar, dass ich mein „Referat" im Sitzen abhalten darf. Obwohl ich ja gelegentlich noch relativ fit bin. Während Gleichaltrige stolzgeschwellt mit ihren neuen Hüften, Kniegelenken, Hörgeräten oder Grauen Stars prahlen, quäle ich mich komplexgeladen immer noch Woche für Woche im Sportstudio oder gar beim genauso mobilitäts- wie koordinationsfördernden Karate-Training U 90 des FSV Bad Friedrichshall. Ich beiße mich also sozusagen hart durchs Leben, egal, mit welchen Zähnen auch immer.

Liebe Anwesende, finden Sie nicht auch, dass unsere Gesellschaft immer mehr verroht, verblödet und Rücksichtslosigkeit sich an jeder Ecke breit macht?

Schon wenn ich mich frühmorgens per klimaschonender Mittelklasse auf die Straße traue und am Stopp-Schild als einziger korrekt anhalte, ernte ich wütendes Hupkonzert und sämtliche verfügbaren Stinkefinger krallen sich in meinen Nacken.

Lasse ich einer super-mini-berockten Kundin an der Aldi-Kasse mit meinem zweifellos charmanten Lächeln den Vortritt, droht sie mir womöglich mit einer Me-Too-Missbrauchsklage. Als Zugabe glaubt sie sich auch dunkel zu erinnern, dass ich vermutlich am 25. August 1991 gegen 03.24 Uhr in der Disco „Kiff-Höhle" ihr lädiertes rechtes Strumpfband repariert und dabei für mindestens 2 Sekunden unzüchtig ihren Oberschenkel gestreift hätte. Ihr momentan leider völlig überlasteter Anwalt würde sich diesbezüglich noch bei mir melden.

Wobei wir wieder mal beim Lieblingsthema Sex angelangt wären. Bekanntlich fahren ja immer noch viele ausgeschamte Mannsleut *genItalien*. Zum *Bunga-low* von dem Berlusconi, wo es angeblich des Öfteren zu einer Ver*puff*ung kommen soll.

Weil wir gerade bei den Schweinereien angelangt sind. Ich sage nur: Vegetarische Schweinezucht. Kein Fleisch, kein Fisch, keine Eier (doch aus welchen Hintern kommen bekanntlich die Eier? Na also!). Dafür bestens gefüllte BIO-Regale. Ich lach mich kaputt: Bio-Bananen aus Costa Rica, Bio-Radieschen aus Ägypten, Bio-Ackersalat aus Israel, Bio-Wein aus Kenia...

Trotzdem „leidet" die überwiegende Mehrzahl der Deutschen an deftigem Übergewicht. Was Wunder, wenn die einzige körperliche Anstrengung aus dem Öffnen der Bierflasche, dem Anzünden der krebsfördernden E-Zigarette oder dem Drücken der Fernbedienung besteht? Nicht ohne Grund werden also sogar bereits für das Beischlaf-Pflichtprogramm Roboter entwickkelt.

Unseren griechischen Freunden stößt es ja seit Neuestem sauer auf, dass wir sie nicht mehr finanziell zur Sau machen. Erst neulich ging solch ein Pseudo-Onassis zu seiner Hausbank und sagte zum Kassier: „He, Anastasios, ich möchte gern 20 Euro von meinem **Gyros**-Konto abheben!" Darauf der Bankangestellte: „Das ist bei uns leider ab sofort nicht mehr **ouzo**!"

Deshalb grillen die Griechen auch nur noch sehr selten. Sie haben nämlich **keine Kohle mehr.** Es wurde ja sogar ernsthaft erwogen, diesem Land eine neue Währung zu geben: Anstatt 100 Cent gleich einem Euro sollte gelten: 100 **Debakel** gleich 1 **Fiasko!**

Mal rundheraus: Was tut ihr eigentlich gegen den Klimawandel? Ich zum Beispiel fahre bei Dunkelheit stromsparend nur noch mit dem linken Standlicht. Für dieses vorbildliche Verhalten hat mich soeben die bezopfte und bestimmt irgendwann nobelbepreiste Greta Thunberg persönlich zu einem Donnerstags-Imbiss eingeladen. Motto: „Thursday for Fastfood". Freitags ist sie ja bekanntlich immer schon ausgebucht. Vor kurzem weilte sie ja in den USA, doch kaum einer beehrte und beachtete sie dort. Noch nicht einmal Donald First lud sie in sein Weißes Haus ein. Nach Ende ihres Besuchs tauchte die schwerwiegende Frage auf: Wie kommt sie zurück nach Europa? Doch nicht per Flugzeug – igitt! Dann doch lieber im Katamaran, kotz! Ich habe ihr also per umweltschonender Flaschenpost als Alternative empfohlen, doch den Wasserstoff-Bus zu nehmen. Jedenfalls war sie von meinem Vorschlag begeistert, ab sofort Taschenrechner und Handys aus belastbarem Kobalt herzustellen. Grund: Auch hier weg vom Plastikmüll! Zum Thema „Mülltrennung" befallen mich heftige Lachanfälle, wenn ich gelegentlich in unsere fußläufig erreichbaren Müllcontainer spicke: Plastikflaschen aller Art bei Glas, Papier und Dosen. Und würden der Fahrradhelm und die Esszimmerlampe durch die Öffnung passen, hätten diese auch ihr Ruheplätzchen gefunden.

Für die nächste Silvester-Feier empfehle ich Bio-Böller. Sie können als Vegan-Raketen anschließend *gemüslich* abgenagt werden.

Doch zurück zur schwedischen Greta. Bei ihrer Heimreise quer durch Deutschland musste sie bekanntlich unbeschreibliche Leiden auf sich nehmen. Sie hatte sich – wie übrigens viele Deutsche auch – für die Bahn entschieden und musste letztlich dank ihres volumenreichen Gepäcks die Fahrt auf dem Boden absitzen, ehe sie dann irgendwann standesgemäß in der 1. Klasse endlich einen Sitzplatz zugewiesen bekam.

Ansonsten plädiere ich für selbstfahrende Autos, da das menschliche Denkvermögen eh auf ein Minimum schwindet (siehe übrigens auch Michael Jürgs „Warum wir hemmungslos verblöden"). Dieses Buch sollte in diesem unserem Lande unbedingt zur Pflichtlektüre werden.

Überhaupt dieser Hype mit der Luftverschmutzung. Selbst unsere freilaufenden Kühe kränken die CO_2-Werte, indem sie ihre Bio-Nahrung schlecht verdaut in die Landschaft furzen. Eine der Hauptursachen sind jedoch landläufig die überaus *zahlreichen Kreuzfahrtschiffe,* welche ihre Schwerölwolken in den reinen Meereshimmel blasen. Wenn man aber weiß, dass solche Vergnügungskreuzer nur vier Prozent des Schiffsverkehrs ausmachen und wer einmal beispielsweise im Ärmelkanal die nur vom Rost zusammengehaltenen Containerriesen bewundern durfte, die allesamt auf neueste Umwelttechnik setzen...

A-propos Kreuzfahrtschiffe: In einem sind unsere deutschen Flotten bestimmt Vorreiter. So ist laut Presseberichten allein in den Jahren 2018/2019 auf elf Aida-Schiffen der bekömmliche Norovirus aus*gebrochen.* Wobei die Silben „gebrochen" in diesem Zusammenhang durchaus passend erscheint.

Mal `ne neugierige Frage: Seid ihr auch schon mal im SUV (sprich: Suff) aus der Besenwirtschaft nach Hause gefahren? Man bekommt ja regelrecht Komplexe, wenn man nicht auch über ein solches Gefährt, das früher ausschließlich Jägern, Bauern und Viehhändlern vorbehalten war, verfügt. Wie schrieb doch kürzlich ein SPIEGEL-Leser: „Wer 250 Pferde vor eine Kutsche spannt, landet mit großer Wahrscheinlichkeit in der Psychiatrie. Wer dagegen 250 PS unter der Motorhaube hat, wird immer noch bewundert!"

Geradezu beschämend wirkt es da, wenn man erfährt, dass ausgerechnet unser Verkehrsminister sich im Dienstwagen mit dem höchsten CO_2-Ausstoß chauffieren lässt. Ein perfekter Beitrag zur Luftreinhaltung! Aber uns Hausbesitzern diktiert man äußerst strenge Beiträge zur Energieeffizienz!

Beinahe wöchentlich müssen sich Zwanzigjährige in geleasten Statussymbolen Wettrennen auf Autobahnen oder in den Innenstädten liefern, wobei Fußgänger ein beliebtes Zielobjekt darstellen. Ich werde grundsätzlich misstrauisch, wenn ich minderwertigkeitskomplexbeladene Leute in solchen 450 PS-Schleudern umherpreschen sehe und frage mich zwangsläufig:

Sind jetzt entweder die Gehirnzellen oder die Zeugungsapparate unterentwickelt?

Doch jetzt kommt ja als Gegenpol zu diesen Umluft-*Reinigern* der *e-scooter* (bei uns hieß dies früher *Radelrutsch*). Wenn ich mir das bildlich vorstelle: Banker im Nadelstreifenanzug plus Aldi-Seidenkrawatte mit dem Tretroller-Bike auf Radwegen – mit Aktentasche und Laptop am Gürtel, Formel-1-Helm, Anschnallgurt, Blinker und Hupe.

Was ist neben dem *Auto* des Deutschen liebstes Kind? Richtig! ***König Fußball***. Denn Fußball ist bekanntlich unser Leben!

Und so ist es für viele Zeitungslektürer montags der absolute Orgasmus, in den entsprechenden Sportseiten zu stöbern. Dort findet man dann unwiderruflich auf den ersten fünf Seiten die Spielberichte aus sämtlichen Fußball-Bundes-, Landes-, Kreis- und Dorf-Ligen. Besonders nett dabei die Berichte über die „Wettkämpfe" sogenannter Ultras mit unseren Polizeikräften, die sich ihre vom Steuerzahler finanzierten kleinen Schürfwunden und Beulen rechtzeitig zum Wochenende abholen durften…

Oder Meldungen über diverse Spuckwettbewerbe auf dem grünen Rasen sowie handfeste *Meinungsverschiedenheiten* bei Bambini-Turnieren zwischen aufgebrachten Vätern. Da ist es doch geradezu erfrischend zu lesen, wie ein Schiedsrichter während eines Fußballspiels in Oberbayern so starke Hungergefühle bekam, dass er dringend etwas essen musste. Er besorgte sich deshalb vor einem Eckstoß am Spielfeldrand eine Wurstsemmel, biss genüsslich hinein und gab die Partie erst danach wieder frei.

Gleichzeitig stattfindende Weltmeisterschaften in solch langweiligen **Rand**sportarten wie Handball, Turnen, Judo oder Leichtathletik werden im hintersten Teil – aber immerhin noch vor den Todesanzeigen – in Randnotizen abgefertigt. Vermutlich, weil sie völlig ohne Polizeipräsenz über die Platte gingen. Vielleicht wird gerade noch beiläufig erwähnt, dass wieder mal „Junge Reiter" besoffen ihr „Sportgerät" gelenkt hätten. Mir tun dabei nur die armen Gäule leid, die ganz ohne Wodka und Whisky über die Hindernisse hüpfen müssen.

Doch zurück zum König Fußball. Über seinen Rumpelfüßlern thront weiterhin unser absolut unverzichtbarer und höggschd professionell *anal*lysierender Jogi mit Job-Garantie – noch dank des Bundestags-Hinterbänklers Reinhard Grinsel, der über ein armseliges Rolex-Präsent aus russischen Landen stolperte.

Dabei gäbe es doch für diesen Trainer-Job reichlich Alternativen. An erster Stelle wohl der Jürgen, Nachnamen Klopp. Der Jürgen „Klinsi" hat es sich ja beim Schnuppern Berliner Luft versch...... Aber auch Julian Nagelsmann oder Mirko Kovac wären ernsthafte Alternativen. Ja, sogar den Loddar Matthäus könnte man dafür aus den Klauen eines heranwachsenden Models reißen.

Jetzt soll ja in der Schweiz den früheren DFB-Bossen wegen des Sommermärchens 2006 der Prozess gemacht werden. „Kaiser" Franz Beckenbauer wird wegen seines *lebensbedrohlichen* Gesundheitszustands allerdings geschont; schließlich muss er sich ja schon jeden Tag mindestens drei Stunden körperlich auf dem Golfplatz verausgaben...

Die Nationalmannschaft gilt bekanntlich als das Aushängeschild auch dieser Sportart. Doch ausgerechnet beim Absingen der nationalen Hymne musste der begnadete Ball-Hin-und-Herschieber Mesut Özil – auch liebevoll *Froschauge* genannt – angeblich entweder beten oder an seinen verehrten Präsidenten denken, der ja sogar als Trauzeuge bei seiner Hochzeit fungierte. Da zeigt sich wieder mal das Problem der doppelten Staatsbürgerschaft. Genau genommen müsste der zutiefst gläubige Hadschi zusätzlich auch noch britischer Staatsbürger werden, denn dort kassiert er schließlich – derzeit – seine bescheidenen Milliönchen. Daher mein Vorschlag: Er singt künftig einfach „God save the Queen!" – auf Türkisch.

Nachdem der Mesut sich wie gesagt mit seinem Präsidenten ablichten ließ, wollte natürlich auch unser Jogi adäquat ein Foto zieren. Leider ist aber der diesbezügliche Termin mit der Kanzlerin geplatzt. Angeblich hat er das mit der Raute nicht perfekt hingekriegt. Immerhin wird er als billigen Trost weiterhin mit lumpigen 3,8 Millionen Jahres-Mindestlohn abgespeist. Dabei droht das Gemurkse der Nationalelf ja weiterzugehen. Und die Gruppenauslosung für die EM 2020 verheißt absolut nichts Positives. „Das Gute am Schlechten: Mit einer erneuten Enttäuschung würde die Ära Löw vorzeitig beendet. Endlich." (Zitat HEILBRONNER STIMME).

Besonders bewundere ich ja immer Jogis aussagestarken Anweisungen am Spielfeldrand, was wohl so zu deuten ist „Immer in diese Richtung!" Oder „Zuerst mal aufs Tor schießen!" Diese oft spielentscheidenden Erkenntnisse holt er sich vermutlich beim tiefschürfenden Bohren in der Nase oder womöglich gar beim Griff in die Unterhose – sowohl vorne als auch hinten –?

Voller Hochachtung blicke ich da doch auf solche aufrechten und verdienstvollen Lichtgestalten wie Uli Hoeneß oder Ronaldo. Über kleine, unbedeutende Unstimmigkeiten mit ihrem Finanzamt sollten wir dabei großzügig hinwegsehen.

Ja früher, da hat man solche Dinge sehr volksnah und gerecht auf dem örtlichen Dorfplatz gelöst: Man stellte Trickser, Lügner, Betrüger, Gauner oder Volksverhetzer einfach an den öffentlichen Pranger. Bevorzugt bei 35 Grad im Schatten und ganz ohne erfrischendes Weizenbier oder Champagner. Und das gemeine Volk bewarf die Sünder im Vorbeigehen mit matschigen Tomaten, faulen Eiern oder toten Katzen. Wenn ich mir vorstelle: Völlig unwissende Automobil-Manager beziehungsweise Spitzen-

Rechtspopulisten an einen wurmstichigen Holzpfahl gekettet...
Ich plädiere hiermit für die Wiedereinführung dieser herrlichen
Bestrafung.

Aber mit der Rechtsprechung in unserem Lande ist es ja all-
mählich auch so eine Sache. Da werden hochrangige Politiker
oder anerkannte Künstler im Netz aufs das Übelste beleidigt.
Nein, das erfülle nicht den Straftatbestand der Beleidigung, ent-
scheidet dann ein Berliner Gericht, sondern falle vielmehr unter
zulässige *Meinungsäußerung* und *Sachkritik*. Dagegen verurteilt
man einen 81-jährigen Rentner zu 1.000 Euro Bußgeld, nur weil
er seine Wohnung ausschließlich an d e u t s c h e Mitbürger
vermieten möchte. Ist eigentlich unseren so basisnahen Politikern bewusst, welche Wohnungsnot z.B. auf Alleinerziehende
oder Rentner, die sich ihr Essen bei der „Tafel" besorgen müssen, zukommt? Mein Land Baden-Württemberg ist stolz darauf,
im vergangenen Jahr 891 Sozialwohnungen gefördert zu haben;
benötigt würden jährlich mindestens 6.000! Jetzt habe ich doch
tatsächlich beim Kochen auf einer Packung Paniermehl den Zusatz „aus deutschem Weizen" entdeckt. Wenn das nur mal keine
Diskriminierung ist...

Über die recht deftigen Strafen im Wüstenstaat Brunei kann
man natürlich trefflich streiten: Hand oder Bein ab bei Dieb-
stahl, Todesstrafe mittels Steinigung bei Betrug und Ehebruch.
Wenn ich mir vorstelle, wie viele Leute mir dann nicht mehr die
Hand reichen könnten, schwerfällig an Krücken hinken müssten
und wieviel LKWs dauernd durch die Straßen rattern würden,
nur um tonnenweise Kieselsteine für die allgegenwärtigen Stei-
nigungen beizuschaffen...

Liebe Gäste! Ich kann nicht anders. Ich muss einfach noch
ein paar liebe Worte über Präsident Erdogan verlieren. Diesen
vorbildlichen Demokraten und Befürworter von Meinungs- und
Pressefreiheit, der leider auch gelegentlich von unserer Regie-

rung hofiert werden muss. Ich weiß ja nicht, ob die Mär stimmt, dass der Herrscher über zahlreiche Flüchtlings-Strom-Tore, dessen Land nach wie vor vom deutschen Massentourismus fürstlich belohnt wird, sofort nach diesem – zweifellos überdenkenswerten – Schmähgedicht von Jan Böhmermann sämtliche Ziegen des Landes unter Quarantäne stellte.

Der neueste "Gag" ist anscheinend, dass in immer mehr Ländern Komiker zum Präsidenten gewählt werden: In der Ukraine, in den USA trump(elt) Donald der Große von einem Fettnäpfchen ins andere und jetzt als Zugabe auch noch sein ihm nicht nur äußerlich ähnelndes Ebenbild from the British Empire. Brexit or not Brexit, das ist hier die Frage!

Noch ein Nachsatz zum rotkrawattigen Donald: Wie ich der Apothekerzeitung entnehmen konnte, sind ab sofort *„Trumpons"* nicht nur für Damen, sondern auch als Zäpfchen erhältlich. Und genau da gehören sie ja eigentlich auch hin…

Und dann diese dauernden Diskussionen um Rassismus. Nix mehr mit *Zigeunerschnitzel* auf der Speisekarte. Von wegen dieser herrliche Tango *Du schwarzer Zigeuner*. Was freuten wir uns als Kinder über den *Sarotti*-Mohr oder einen *Mohrenkopf*. Vorbei auch *ich geh mal einen Neger abseilen* und lieb gemeinte Komplimente wie *Spaghetti-Lutscher* oder *Knoblauchfurzer*.

In diese Rubrik kann man fast auch das aktuelle Gerangel um die verschiedenen Geschlechter einordnen. Bisher gab es bei Stellenausschreibungen entweder **m** wie männlich oder **w** wie weiblich. Jetzt kommt seit kurzem auch noch der Begriff **d** hinzu. Ich bin total unwissend, was das bedeuten soll. Steht das nun für delikat, dreist oder dement?

Was unser Zusammenleben von Grund auf negativ beeinflusst, sind die scheinbar unverzichtbaren *(a)sozialen* Netzwerke. Jeder Blödmann, der zudem noch der Rechtschreibung unfähig ist, kann sich hier endlich anonym auskotzen und Shitstorms (zu Deutsch: Scheiß-Stürme) loslassen.

Kaum ein Jugendlicher – der etwas auf sich hält – bewegt sich noch ohne Smartphone inklusive Bluetooth-Lautsprecher in der Öffentlichkeit. Die Süchtigen stolpern demzufolge geradezu gegen Laternenpfosten, Litfaßsäulen oder bei Dunkelrot über die Straße. Im Restaurant *unterhalten* sich die am Tisch Gegenübersitzenden und ein Rendezvous wird wohl so geregelt: „Hey, du Schlampe, stech dich nachher!"

Und dann die Selfies. Kein Brückengeländer in 200 Meter Höhe oder Bahngleis ist vor solchen fotografischen Selbstablichtungen sicher. Und vom Alter her eigentlich Erwachsene beeindrucken mit Mutti vor dem Eiffelturm, der Akropolis oder dem Kolosseum.

Besonders überraschen mich als leidenschaftlichen Dichter und Reimer die Songtexte, die derzeit über den Äther flattern. Natürlich muss die Wortwahl einfach gestaltet sein, damit auch der geistig Unterbelichtete mitgrölen kann. Aber bei *Hulapalu* oder *Alle wollen meine – du hast nicht nur schöne Beine* oder *Herzen haben keine Falten, doch wir bleiben stets die Alten* und *Abends steh ich an der Bahar, das ist alles doch nicht wahar* bekomme ich ehrlich gesagt doch heftig Schluckauf! Passend dazu der Rhythmus, der mich an das Weichklopfen von Koteletts erinnert. Und wenn die damenhaften Gesangs-Stars bei ihren ausverkauften Bühnenauftritten dann auch noch zu 80 Prozent nackert auf*schreien...* Nicht, dass ich etwas gegen gut gebaute Mädels hätte – schließlich erschienen solche ja auch in meinem Künstleratelier, um sich von mir *akten* zu lassen. Aber früher reichte es durchaus, dass *normal* gekleidete Stars in erster Linie singen konnten, heute ist es wohl eher umgekehrt.

In einer Sache muss ich euch enttäuschen: Deutschlands Top-Laufsteg-Model Heidi Klumlitz feierte im letzten Sommer bekanntlich – wieder einmal – medienwirksam Vermählung und sämtliche Boulevard-Blättchen füllten die Regale an Tankstellen und bei Discountern bis zum Anschlag. Leider kann ich aber von dieser „verjährten Schönheit" keine Zeichnung anbieten, da ich bekanntlich nur Gesichter und keine Körperteile karikiere – und seien sie noch so fleischhaltig...

In der Tagespresse wird man ja oft über Kurioses informiert. Da hatte zum Beispiel ein Mann in NRW den Energieversorger vom Tod seiner Mutter benachrichtigt und gebeten, ihren Stromanschluss auf ihn umzumelden. Daraufhin verschickte das Unternehmen mehrere Briefe, die an die verstorbene 94-Jährige adressiert waren. Darin hieß es: „Danke, dass Sie uns über Ihren kürzlichen Auszug informiert haben. Wir wünschen Ihnen, dass Sie sich in Ihrem neuen Zuhause wohl fühlen. Gerne beliefern wir Sie auch dort mit Energie."

Überhaupt ist die Zeitung eine wahre Fundgrube für erstaunliche Nachrichten. Unter Punkt „Verschiedenes" fand ich neulich folgenden Aufruf: „Ein Kinderwagen mit Allradantrieb, Farbe Weiß mit blauen Blümchen, wurde am Sonntag in Bad Friedrichshall, Offenau oder vielleicht auch in Oedheim zwischen 11 und 16 Uhr inklusive einjährigem Inhalt in einer Gaststätte vergessen. Die Decke trägt die handgestickte Aufschrift: „Schlafe sacht, dein Elternauge wacht!"

Begeistert lese ich auch immer, wenn frisch entbundene Eltern ihren völlig wehrlosen Nachwuchs mit trendigen Vornamen aus Märchen, Medien oder nach großen Vorbildern der Weltgeschichte krönen. Out sind dabei längst Alfons, Gertrud oder Wilhelmine. Dafür stehen sämtliche Apostel aus der Bibel hoch im Kurs. Genauso wie Adonis, Poseidon, Tarzan, Tsunami, Servus, Urmele oder Wendelbert.

Besonders belustigt mich auch der Run auf Doppel-Namen. Hat eine Lady zum Beispiel bei der Volkshochschule einen Vormittagskurs in Acrylmalerei (Malen nach Zahlen) belegt, reiht sie sich damit automatisch unter den Begriff *Künstlerin* ein und fühlt sich geradezu genötigt, alles herauszuholen, was Geburts- und Heiratsurkunden hergeben. Und eine Angelika-Jaqueline Sauerampfer-Schockgefrostet beeindruckt natürlich schon. Ich empfehle in solchen Fällen, für die Unterschrift einen Reisepass im Querformat zu beantragen.

Auch die Glückwünsche zu allen möglichen fröhlichen Anlässen lassen der Fantasie freiesten Lauf.

Beispiel:

Liebe Mama Adelheid, schau nur genau hin,
heut stehst nämlich **d u** in der Zeitung drin.
Kaum zu glauben, aber wahr,
deine Haut ist noch so schön wie bei einem Pfirsich
von 16 Jahr!

Oder:

Zwanzig Jahr bist du heut worden,
es gibt nicht viel von deiner Sorten.
Drum liebt dich heiß dein wilder Schatz.
Die Nacht vor vier Wochen war übrigens nicht für die Katz.
In guter Hoffnung
Deine Anuschka.

Aus aktuellen Anlässen fühle ich mich dazu verurteilt, meinen Text noch beispielhaft um folgende Beiträge zu ergänzen. Ich zitiere und kommentiere dabei Berichte in den Medien:

Thema „Corona-Virus":

Wie sagte Gesundheitsminister Jens Spahn doch noch vor kurzem: „Man hat hierzulande auch Masern, die deutlich ansteckender sind als das Corona-Virus, in den Griff bekommen." Jetzt sollen immerhin Veranstaltungen mit mehr als 1.000 Besuchern abgesagt werden. Dies gilt natürlich nicht für Spiele der Fußball-Bundesligen, die im äußersten Notfall als Geisterspiele durchgehen. Küssen ab sofort mit Mundschutz und Sex nur noch nach zwanzig Sekunden intensivem Waschen der benötigten Körperteile mit Seife. Da finde ich eine Variante zum Händeschütteln im Irak viel origineller: Mit den Füßen grüßen!

Thema „Lehrermangel" (Leerstellen):
Pädagogen sind knapp – vor allem an Grundschulen. So öffnet eine Grundschule in Thüringen nur noch an vier Tagen in der Woche. Grundschüler im Landkreis Wittenberg in Sachsen-Anhalt sollen stundenweise von Siebtklässlern aus einem benachbarten Gymnasium unterrichtet werden. An einer Schule in Schleswig-Holstein sprang sogar der Hausmeister als Ersatzlehrer ein.

Thema „Feuerwehreinsätze in Pflegeheimen":
43 Mal am Tag fahren die Rettungskräfte der Berliner Feuerwehr in Pflegeheime zum Noteinsatz – und das häufig nur, weil eine Pflegekraft alleine überfordert ist. Zum Beispiel, wenn ein Patient mit 100 kg Körpergewicht aus dem Bett fällt und sie ihn ohne Hilfe nicht wieder hinein heben kann.

Bei den Aufnahmeprüfungen für den Polizeidienst werden beim Fach Rechtschreibung im Schnitt bei 250 Wörtern 24 Fehler festgestellt. In der Schule würde das für eine glatte Sechs reichen. Angeblich wird stattdessen verstärkt Wert auf körperliche Fitness gelegt. Dann frage ich mich allerdings, wie es möglich ist, dass beim Festnahmeversuch einer Einzelperson oftmals zwei Streifenwagenbesatzungen verletzt werden. Das ging früher mal besser...

Was ich als gefährlicher Hobby-Jurist überhaupt nicht nachvollziehen kann: Wird ein Gangster auf frischer Tat erwischt und gesteht im gleichen Atemzug die Tat, wird er heute in sämtlichen Medien grundsätzlich als „mutmaßlicher Täter" bezeichnet. Ich verstehe das so: Erst wenn er rechtkräftig verurteilt wurde, entfällt der Zusatz „mutmaßlich"! Immerhin wird wenigstens der jeweilige Geschädigte nicht als „mutmaßliches Opfer" tituliert....

Unsere baden-württembergische Landespolitik plant die Errichtung eines „Innovationsparks für künstliche Intelligenz". Dafür wurde eine 500.000 Euro teure „Machbarkeitsstudie" in Auftrag gegeben. Ziel der Studie ist laut Wirtschaftsministerin Hoffmeister-Kraut angeblich, „mögliche Flächen in BW zu identifizieren".

Aus dem Fernsehprogramm am 05.02.2020 „Armes Deutschland – Stempeln oder abrackern?":
Melanie (24) und Leon (21) sind verlobt und erwarten ein Kind. Doch vom Arbeiten hält das junge Paar nichts. Beide leben von Hartz IV und es belastet sie ein Schuldenberg in Höhe von 30.000 Euro.

Was habe ich nur falsch gemacht im Leben?

Berühmt-berüchtigte Zitate und Sprüche der im Folgenden abgebildeten „Visagen" - bunt gemischt wie ein Skat-Blatt:

Bei allem Spaß und Quatsch besteht das Stockacher Narrengericht bis heute ausschließlich aus Männern. 20 Männer, die angetrunken in Strumpfhosen sitzen, um genau zu sein.
(Annegret Kramp-Karrenbauer)

Die Steuererklärung muss auf einen Bierdeckel passen.
(Friedrich Merz)

Die Verantwortlichen setzen das wertvolle Label „Made in Germany" leichtfertig aufs Spiel.
(Cem Özdemir)

Manchmal ist es das beste Training, sich auszuruhen.
(Cristiano Ronaldo)

Wir entscheiden in der Politik über Milliardensummen und wichtige Fragen des Landes, da sollte man am Rednerpult dem BILD-Girl keine Konkurrenz machen wollen.
(Julia Klöckner)

Ich weiß nicht, womit sie heizen wollen. Atom wollen sie nicht, Gas wollen sie nicht. Wollen sie wieder mit Holz heizen?
(Wladimir Putin)

Meine Art und Weise zu sprechen wurde von niemand Geringerem als Arnold Schwarzenegger kritisiert. Das war ein Tiefpunkt, meine Freunde, für seine rhetorischen Fähigkeiten von einem einsilbigen österreichischen Cyborg verunglimpft zu werden.
(Boris Johnson)

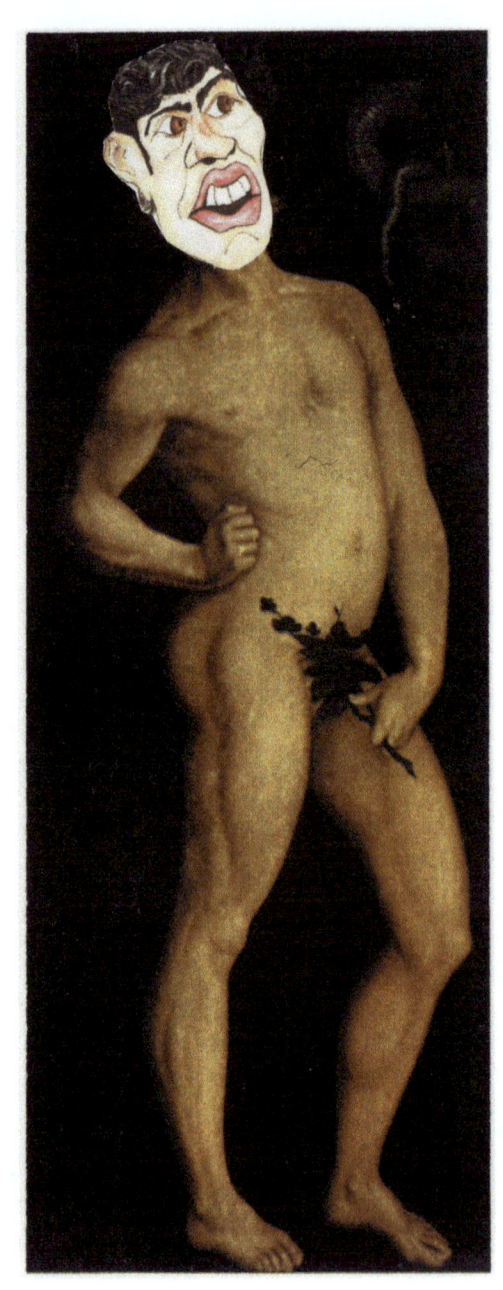

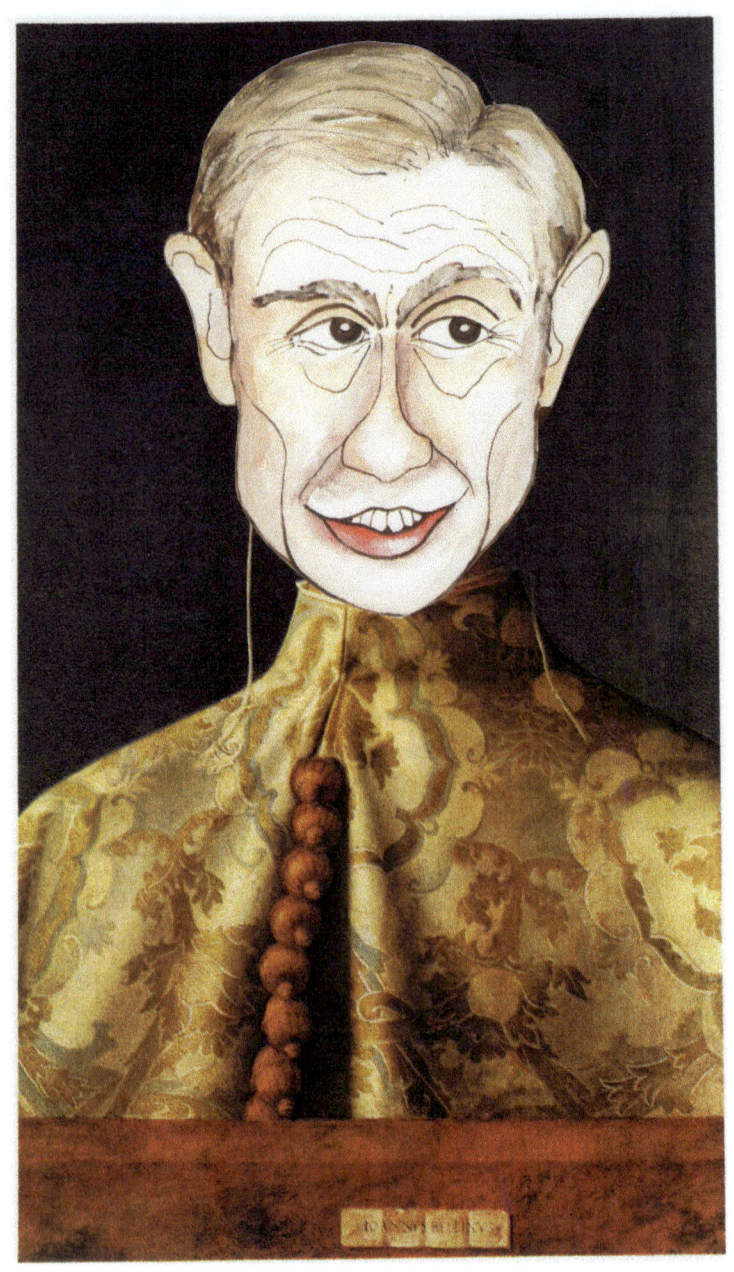

Eine kleine Auswahl deftig-derber Bauern-Sprüche aus meinem gleichnamigen Buch

Fällt an *Gertrudis* das Huhn von der Stange,
dauert´s beim Bauern auch nicht mehr lange.

Liegt auf dem Dach Geflügelkot,
raucht im Maien noch der Schlot.

Tät an *Wilhelmi* das Rheuma reißen,
setzt man sich lieber nicht zum ...Lesen.

Hat Bauer einen auf der Pfanne,
melkt er die Milch neben die Kanne.

Dickt die Milch zur Süßrahmbutter,
wird auch die Bäu`rin bald zur Mutter.

Die Guten für die Saat,
die Schlechten für den Staat.

Die Kutsche meist am besten fährt,
wenn sie gezogen wird vom Pferd.

Kräht der Hahn um 3 zu frühe,
kocht er zu Mittag in der Brühe.

Kackt die Krähe auf die Saat,
an *Servas* Blitz und Donner naht.

Kann die Bäu`rin heftig farzen,
ist dies gut für ihre Warzen.

Wenn´s an *Ägidius* in der Schlafkammer kracht,
hat der Bauer bei der Magd ein Bäuerchen gemacht.

Friert an *Ludwiga* noch Mensch und Tier,
gibt´s beim Dorfwirt heuer kein Bier.

Geht dem Pfau `ne Feder aus,
bestelle schon den Leichenschmaus.

Der Bauer streuet aus den Samen,
egal sind ihm der Mägde Namen.

Bei Tisch man sich sehr rasch gewöhne
an Rülpsen und auch andre Töne.

Bettelt Pastor um `ne Spende,
plant er für seine Riester-Rente.

Blüht im Juni rot der Mohn,
plagt die Gicht an *Felix* schon.

Wenn zur Heuet niest der Gaul,
war das Gras schon vorher faul.

Hat Bauer Sex mit Lieblingsvieh,
nennt man solches Sodomie.

Der Wilderer jagt jetzt das Reh.
Trifft er den Knecht, tut´s diesem weh.

Wirft ein Maulwurf seinen Haufen,
soll man nicht gleich den Hof verkaufen.

Schärft man die Sense zu gemein,
hinkt man danach auf linkem Bein.

Steht vor der Ernt´ Getreide kurz,
verlängert´s nicht der Bäurin Furz.

FUSSBALL
und diverse *Rand*sportarten

Fußballer gelten als eine besonders intellente Spezies Mensch. Deshalb möchte ich hier ein paar exkrement geflügelte Worte wiedergeben, ohne die Namen der Nonsens-Schöpfer zu nennen:

Das habe ich ihm dann auch verbal gesagt.

Die Sanitäter haben mir sofort eine Invasion gelegt.

Es war immer ein schönes Gefühl, den Torwart hinten drin zu haben.

Man darf nicht den Sand in den Kopf stecken.

Ich bin Optimist; sogar meine Blutgruppe ist positiv.

Wir haben genügend Potenz für die Liga.

Der FC hat eine Obduktion auf mich.

Ich will an meinem rechten Fuß feilen.

Der Trainer hat gesagt, wir haben verloren, weil wir keine Eier haben.

Wir können so etwas nicht trainieren, nur üben.

Die Eintracht ist vom Pech begünstigt.

Ich kann mich an kein Spiel erinnern, bei dem so viele Spieler mit der Barriere vom Platz getragen wurden.

Der krempelt die Arme hoch.

Sex vor dem Spiel? Das können meine Jungs halten, wie sie wollen. Nur in der Halbzeit – da geht nichts!

Wenn man ein 0:2 kassiert, dann ist ein 1:1 nicht mehr möglich.

Ich habe ihn nur ganz leicht retuschiert.

Wenn man das erste Spiel verliert, ist das immer ein Fehlstart.

Ich bin prima in die Mannschaft intrigiert worden.

Wenn Sie dieses Spiel atemberaubend finden, dann haben Sie es an den Bronchien.

Ein Wort gab das andere – wir hatten uns nichts zu sagen.

Das größte Problem beim Fußball sind die Spieler. Wenn man die abschaffen könnte, wäre alles gut.

Es hängt alles irgendwie zusammen. Sie können sich am Hintern ein Haar ausreißen, dann tränt das Auge.

Die Achillessehne des Halblinken ist die rechte Schulter.

Das Chancenplus war ausgeglichen.

Fachgespräch

In Deutschland gibt es zwei Fachrichtungen SPORT: **Fußball** und den so genannten Leistungssport – *trainingsintensiv,* zudem *mies bezahlt* und *kaum Zuschauer* oder gar *Fernseh-Kameras.*
Im Folgenden wurde ein Interview zwischen einem genauso alkoholresistenten wie schlagfertigen Edelfan aus Schalke mit Leistungssportlern unterschiedlicher Disziplinen aufgezeichnet:

Edelfan:	Was treibst du so, ey?
Leistungssportler:	Ich mache Judo.
Edelfan:	Ach, das ist doch die Scheiße, wo man dem anderen ein Bein stellt, ihn am Kittel zieht und ihn danach noch würgt. Gibt es da wenigstens eine Halbzeit?
Leistungssportler:	Nein, gibt es nicht.
Edelfan:	Dann ist das auch kein richtiger Sport. Und was verklemmt der andere Typ da?
Leistungssportler:	Ich bin Turner.
Edelfan:	Ach, ist das nicht die Scheiße, wo man an einer Stange rumhangelt wie Tarzan an der Liane? Gibt es da auch eine Halbzeit?
Leistungssportler:	Nein, gibt es nicht.
Edelfan:	Dann ist das doch kein richtiger Sport. Und was machst du Kasper, rülps?
Leistungssportler:	Ich bin Ruderer.
Edelfan:	Ach, das ist doch die Scheiße, wo man mit dem Tretboot ein bisschen auf dem Mümmelsee rumgurkt und mit dem Paddel den Fischen auf die Kiemen haut. Gibst es da wenigstens eine Halbzeit?
Leistungssportler:	Nein, gibt es nicht.

Edelfan:	Dann ist das auch kein richtiger Sport. Und wo geht´s bei dir ab, Tussi?
Leistungssportlerin:	Ich mache Sportgymnastik.
Edelfan_	Ach, das ist doch die Scheiße, wo ihr Schicksen zu Heavy Metal die Haxen verdreht wie beim Vögeln. Gibt es da wenigstens eine Halbzeit?
Leistungssportlerin:	Nein, gibt es nicht.
Edelfan:	Dann ist das auch kein richtiger Sport. Und du, Schlampe, was treibst du denn so, ey?
Leistungssportlerin:	Ich bin Springreiterin.
Edelfan:	Ach, ist das nicht diese Scheiße, wo der Gaul über ´nen Zaun oder ´ne Hecke stolpert und du hockst einfach vornehm auf´m Arsch mit Hut und Handschuhen und haust ihm mit der Peitsche auf die Klöten? Ab und zu tretet ihr ihm auch noch mit den Stiefelspitzen in die Milz, damit er höher hüpft. Gibt es da wenigstens eine Halbzeit?
Leistungssportlerin:	Nein, gibt es nicht.
Edelfan:	Und ihr Trübtassen nennt euch Sportler und greift noch groß die Kohle ab? Zur besten Sendezeit im Fernsehen zwischen „Bares für Rares" und der „Lindenstraße".
	WIR Fußballer dagegen sind gestresst von manchmal zwei Spielen pro Woche und dann auch noch täglich eine halbe Stunde strammes Training mit Hütchenspielen.
	D a s ist echter Sport! Klaro?

Beim Fußball gibt es immer häufiger Dauerverletzte. Man spricht dann auch gerne von Serienbeinbrechern.

Nicht jeder Fußballer, der seinen Gegner auf dem Feld gegen das Schienbein tritt, schwingt genauso gekonnt das Tanzbein.

Bei der Eingangskontrolle zum Fußballstadion konnte der leidenschaftliche Bayern-Fan Huber Korbinian keine gültige Eintrittskarte vorzeigen. Auf Befragen der Ordner erklärte er, das gehe ihm alles am Arsch vorbei, was er noch zusätzlich durch einen Original-Biergarten-Furz unterstrich.

Beim Fußball wird das Sportgerät sowohl mit dem Fuß als auch mit dem Kopf getreten. Diese Vorgehensweise unterscheidet ihn ganz erheblich vom Golfspiel.

Sepp „Pele" Kniehumpler, Bewohner des Seniorenheims Alte Kicker, randalierte vor blinder Wut und unbändigem Zorn derart nachhaltig in seiner bescheidenen ½-Zimmer-Behausung, dass sich die Heimleitung letztlich doch noch entschloss, ihn nachträglich für die U90-Clubmannschaft zu nominieren. Dafür bedankte sich Pele dann auch gleich im ersten Spiel durch drei blitzsaubere Eigentore, die er allesamt per Hand erzielte.

Fußballwahn

Der Fußballwahn ist eine Krank-
heit, aber selten, Gott sei Dank.
Ich kenne wen, der litt akut
an Fußballwahn und Fußballwut.
Sowie er einen Gegenstand
in Kugelform und ähnlich fand,
so trat er zu und stieß mit Kraft
ihn in die bunte Nachbarschaft.
Ob es ein Schwalbennest, ein Tiegel,
ein Käse, Globus oder Igel,
ein Krug, ein Schmuckwerk am Altar,
ein Kegelball, ein Kissen war.
Und wem der Gegenstand gehörte,
das war etwas, was ihn nicht störte.
Bald trieb er eine Schweineblase,
bald steife Hüte durch die Straße.
Dann wieder mit geübtem Schwung
stieß er den Fuß in Pferdedung.
Mit Schwamm und Seife trieb er Sport,
die Lampenkugel brach sofort.
Das Nachtgeschirr flog zielbewusst
der Tante Berta an die Brust.
Kein Abwehrmittel wollte nützen,
nicht Stacheldraht in Stiefelspitzen
noch Puffer waren angebracht.
Er siegte immer, 9 zu 8.
Und übte weiter, frisch, fromm, frei
mit Totenkopf und Straußenei.
Erschreckt durch seine wilden Stöße
gab man ihm nur Kartoffelklöße.

Selbst vor dem Podex und den Brüsten
der Frau ergriff ihn ein Gelüsten,
was er jedoch als Mann von Stand
aus Höflichkeit meist überwand.
Dagegen gab ein Schwartenmagen
dem Fleischer Anlass zum Verklagen.
Was beim Gemüsemarkt geschah,
kommt einer Schlacht bei Leipzig nah.
Da schwirrten Äpfel, Apfelsinen
durch's Publikum wie wilde Bienen.
Man sah auch Blutorangen, Zwetschen
an blassen Leibern sich zerquetschen.
Das Eigelb überzog die Leiber.
Ein Fischkorb platzte zwischen Weiber.
Kartoffeln flogen und Zitronen,
man duckte sich vor den Melonen.
Dem Krautkopf folgten Kürbisschüsse,
dann donnerten die Kokosnüsse.
Genug, als alles dies getan,
ergriff den Held der Größenwahn.
Schon schäkernd mit der U-Boot-Mine,
besann er sich auf die Lawine.
Doch als pompöser Fußballstößer
fand er die Erde noch viel größer.
Er rang mit mancherlei Problemen.
Zunächst: Wie soll man Anlauf nehmen?
Dann schiffte er von dem Balkon
sich einen in einen Heißballon.
Und blieb von da an in der Luft,
verschollen. Hat sich selbst verpufft.
Ich warne euch, ihr Brüder Jahns
vor dem Gebrauch des Fußballwahns.

Bestrafung folgt auf dem Fuße

Der Torwächter der Borussen fällte Owomamkumbo wie einen käferbefallenen, morschen Baum, worauf es sich der nominelle Sechser im Strafraum gemütlich machte, indem er sich wadenbeinlädiert schmerzverzerrt niederlegte. Daraufhin trällerte die Pfeife von Schiri Vogel-Specht gar nicht frühlingshaft, indem sie zum fälligen Strafstoß bat. Er reagierte damit – übrigens genauso wie der Videoassistent Herbert Maulwurf - auch nicht auf die von den Augsburgern reklamierte Schwalbe, sodass Adler auf der Torlinie dem in sein Gehäuse flatternden Ei nur noch bekleckert hinterher schauen konnte.

Frauen-Fußball

22 Ladies, schick,
rank und schlank, und keine dick.
Stramme Waden, Muskel-Beine.
Orangenhaut hat auch noch keine.

No Body, der zur Fettsucht neige.
Gekrampfte Adern? Fehlanzeige!
Flotte Trikots, Hosen knapp.
Spiel im Galopp, nicht nur im Trab.

Tolle Pässe, schöne Flanken,
nicht nur durch starre Abwehr tanken.
Zum Schiri keine Pöbeleien,
Sturmangriff in lock´ren Reihen.

Für Gegnerin gibt´s keine Zoten,
Rasenspucken streng verboten.
Auf den Rängen nie Proleten,
die sich im Suff verprügeln täten.

So schön kann Fußball spielen sein.
Zu „Jogis" sag ich dankend NEIN!

Fußball in der Sport-Berichterstattung der Boulevard-Medien

(Heinz-Otto Ballermann, BILD am Nachmittag)

Zuerst ließ Müller Zwo das Runde von seiner gestählten Brust abtropfen, ehe er dieses auf den rechten Hammer legte und mit dem Außenrist an Hassan Mohamad vorbeistreichelte. Als der Keeper, der schon während der träge dahingeflossenen 88 Minuten äußerst blass blieb, dann die von Goalie Handmacher weitergeschobene Kugel nur vom lädierten rechten Außenmeniskus abprallen ließ, brauchte Schweinhauer sie nur noch abzustauben. Auch dabei sah der Mann zwischen dem hölzernen Gestänge gar nicht gut aus, sodass das gefleckte Leder sich ungehindert über die Linie stehlen konnte, wonach der Herr der Pfeifen nur noch torgeil zur Anstoßlinie zeigen konnte.

Wie hoch ist der Marktwert der Fußball-Nationalmannschaft einzuschätzen?
Immerhin 2,75 Euro (Pfand für 11 Flaschen).

Die Sportart Fußball wurde schon im Alten Testament erwähnt. Dort hieß es nämlich: „Alle in der Arena waren in seltsame Gewänder gehüllt und irrten ziellos umher".

Die Mannschaft des 1. FC Oberwildhalden steht hoffnungslos auf dem letzten Tabellenplatz. Nun hat man vorausschauend bereits den erfahrenen Extrem-Bergsteiger Reinhold Messner engagiert, damit dieser den drohenden Abstieg vorbereitet.

Die Fußball-Nationalmannschaft fliegt zum Länderspiel nach Brasilien. Bald wird ihnen langweilig und sie beginnen, in der Kabine zu kicken. Als der Flugkapitän das merkt, sagt er zum Co-Piloten: „Geh nach hinten und unternimm was!"
Schon bald ist absolute Ruhe und der Käpt`n fragt: „Wie hast du denn das geschafft?"
„Ganz einfach", antwortet der Co-Pilot. „Ich hab ihnen gesagt, draußen ist so herrliches Wetter. Geht doch raus und spielt dort weiter."

Der Star der Mannschaft ist Vater geworden. Er lädt alle Mitspieler zur Taufe in die Kirche ein. Als der Pastor das Kind zum Taufbecken trägt, fällt es ihm versehentlich aus der Hand. Geistesgegenwärtig fängt der Torwart das Baby auf, tippt es zwei Mal auf dem Boden auf und macht Abstoß.

Zum guten Schluss noch zwei Ausflüge zu anderen (minderwertigen) Sportarten:

Reit-Turnier

Häufig sieht man Pferde springen
-vereinzelt tät dies auch gelingen -
über Oxer, Wassergraben,
wovor sie mächtig Bammel haben.

Doch zu des Reiters Ärgernis
sieht oftmals Gaul nicht Hindernis
und bremset davor messerscharf,
obwohl er solches gar nicht darf.
　　Reiter fliegt,
　　　　ein andrer siegt.

Die Damen nennt man „Amazonen",
obwohl sie hier in Deutschland wohnen.

Kampfsport

So mancher tut sich gern beweisen
beim Stoßen und beim Hantelreißen.
Gerne tritt vor allem jeder
ins Pedal vom Ergometer.
Zum Boxen braucht es noch ein Weilchen,
bevorzugt man nicht blaue Veilchen.
Und beim Catchen – gar nicht fein –
macht Gegner Knoten gar ins Bein.
Mir hat´s das Judo angetan,
wobei man locker schmeißen kann
die feschen Mädels auf die Matte,
auf die man hatt` schon längst `ne Latte...

Professionelle Übersetzung vom Deutschen ins Englische für unverzichtbare umgangssprachliche Redewendungen

(in freundlicher Anlehnung an Günther Oettinger, Ex-Ministerpräsident von Baden-Württemberg und EU-Kommissar)

Ich versteh´ nur Bahnhof
I understand onle train-station

Entschuldigung, mein Englisch ist unter aller Sau!
Sorry, my English is under all pig!

Wir haben einen neuen Bürgermeister
We have a new Burger King

Mein lieber Herr Gesangsverein!
My lovely mister singing club!

Da stehen mir die Haare zu Berge
There stand my hairs up to the mountain

Ich brauch eine Pinkelpause
I need a water break

Da bist du auf dem Holzweg
There are you on the woodway

Ich schaue nach Löwenzahn für unseren Hasen
I look for lion tooth for our rabbit

Ich halt´s im Kopf nicht aus
I hold it not out in the head

Komm bitte nicht in den Berufsverkehr!
Come not please into the Business Sex!

Barfuss im Regen
Cash food in the rain

Gib bitte nicht so an!
Give please not so on!

Himmel, Arsch und Zwirn!
Heaven, ass and thread!

Ich kenn mich hier aus
I know me here out

Doktor, habe ich wirklich Fußpilz?
Doc, have I really foot mushroom?

Es war nur eine Urlaubsbekanntschaft
It was only a Holiday Popper

Niemand kann mir das Wasser reichen
Nobody can hand me the water

Ich bin fuchsteufelswild
I´m foxdevilswild

Komm schon, spring über deinen Schatten!
Come on, jump over your shadow!

Gestern hatte ich einen Seitensprung
Yesterday I had a page jump

Mit dieser Kratzbürste?
With this scatch brush?

Es läuft mir eiskalt den Rücken runter
It walks me icecold the back down

Heute geht´s nicht, ich habe meinen Eisprung
Today it goes not, my egg jumps

Ich hab einfach Schwein gehabt
I had easy a pig

Lass uns Luftschlösser bauen!
Let us build air castles!

Wir müssen Europa neues Leben einhauchen.
(Emmanuel Macron)

Bedrohte Arten werden von der Bejagung verschont, bis sie sich erholt haben, darum will ich nichts über die SPD sagen.
(Markus Söder)

Ich fiel direkt vom Himmel auf ein Doppelkornfeld.
(Udo Lindenberg)

Wir Deutschen, also unser Volk, sind das einzige Volk der Welt, das sich ein Denkmal der Schande in das Herz seiner Hauptstadt gepflanzt hat.
(Björn Höcke)

Frieden kauft man nicht mit Schwäche, sondern mit Stärke.
(Benjamin Netanjahu)

Jeder Frau sollte es möglich sein, ihrem Tag nachgehen zu können, die Straßen entlangwandern und den Bus nehmen zu können und sicher zu sein. Sie sollte mit Respekt und Würde behandelt werden. Sie verdient das.
(Barack Obama)

Ich bete. Zuerst in der Kabine, dann während der Hymne und dann noch einmal, direkt bevor das Spiel losgeht. Ich bete Verse aus dem Koran in mich hinein. Das gibt mir Kraft und erleichtert mich. Wenn ich das nicht machen würde, dann hätte ich ein schlechtes Gefühl.
(Mesut Özil)

Wenn´s weh tut,
sollte einem die *medi-zynische Behandlung* lieb **& teuer** sein

Nach eingehender Untersuchung eröffnet der Frauenarzt seiner Patientin:

„Liebe Frau Endlos-Zapfenstreich, wenn Sie heute Abend Ihren Mann begrüßen…"

„Ich bin doch gar nicht verheiratet, Herr Doktor."

„Also gut, wenn Ihr Verlobter bei Ihnen erscheint…"

„Ich bin auch nicht verlobt, Herr Doktor."

„Na gut, wenn Sie also Ihren Freund treffen…"

„Ich habe auch keinen Freund. Und überhaupt, Herr Doktor, ich habe es noch nie mit einem Mann getrieben!"

Der Arzt erhebt sich und geht zum Fenster. Er schaut hinaus und schweigt.

Nach ein paar Minuten wird sie ungeduldig und fragt: „Herr Doktor, warum schauen Sie denn so konzentriert aus dem Fenster?"

„Ich warte, Frau Endlos-Zapfenstreich. Denn beim letzten Mal, als so etwas geschah, ging ein großer Stern im Osten auf."

Ein Schwuler lässt sich von seinem Hausarzt ein Mittel gegen Hämorrhoiden verschreiben.

„Herr Afterwärts, bevorzugen Sie Tabletten oder lieber Zäpfchen?" fragt ihn der Arzt.

„Wenn ich wählen darf, entscheide ich mich für Zäpfchen. Da habe ich wenigstens ein bisschen Spaß dabei."

Ein Skelett kommt zum Zahnarzt. Nach eingehender Untersuchung eröffnet dieser seinem abgemagerten Patienten: „Die Zähne wären ja in Ordnung, Herr Muskelschwund, aber das Zahnfleisch lässt doch sehr zu wünschen übrig. Da ist eine Parodontose-Behandlung überfällig."

In der Apotheke
Ein Mann geht in die Apotheke und fragt: „Entschuldigung, haben Sie vielleicht *schwarze* Präservative?"
Apothekerin: „Nein, bedaure. Wir haben Kondome in verschiedenen Größen, mit Multivitamingeschmack, mit Noppen und auch Widerhaken. Aber schwarze, nein, tut mir leid, die führen wir nicht. Warum sollen es denn unbedingt schwarze sein?"
Darauf der Kunde: „Ach wissen Sie, mein bester Freund hat das Zeitliche gesegnet und jetzt möchte ich doch seiner Witwe einen Beileidsbesuch abstatten."

In der Apotheke erscheint eine alternativ gekleidete Kundin, mit Wuschelkopf, knöchellangem Rock und Sandalen.
„Hey, Chef! Wirf mir `ne Packung Tampons rüber!"
Der Apotheker holt aus dem Nebenraum ein Päckchen Tempo-Taschentücher und überreicht es der Kundin. „Bitte sehr!"
Kundin: „Hey, Chef! Hast du deine Watscheln nicht richtig eingestellt? Ich brauche TAMPONS!"
Darauf der Apotheker: „Ich hab schon richtig kapiert, Lady. Aber so wie Sie daherlatschen, gehe ich davon aus, dass Sie Ihre Muschidübel selber drehen."

Kunde:	Guten Tag. Zuerst eine Frage: Sind Sie eine richtige Apothekerin?
Apothekerin:	Selbstverständlich, mein Herr.
Kunde:	Dann haben Sie auch das Gymnasium besucht?
Apothekerin:	Klarer Fall.
Kunde:	Mit Abitur abgeschlossen?
Apothekerin:	Aber ja doch.
Kunde:	Danach Pharmazie studiert?
Apothekerin:	Das ist doch Bedingung für meinen Beruf.
Kunde:	Und wo?
Apothekerin:	In München und Heidelberg.
Kunde:	Haben Sie auch promoviert?
Apothekerin:	Ja, sogar mit magna cum laude.
Kunde:	Dann bin ich beruhigt. Bitte geben Sie mir doch jetzt eine Tüte von den Ricola-Halsbonbons.

Ein Mann betritt eine Apotheke, schaut sich mehrmals vorsichtig um und sagt schüchtern zu der altjüngferlichen Apothekerin:

„Guten Tag! Es ist mir sehr peinlich und ich weiß auch gar nicht, wie ich es erklären soll. Aber ich bin so wahnsinnig potent, dass ich jeden Tag mindestens fünf Mal könnte. Inzwischen laufen mir deswegen alle Freundinnen davon. Gibt es dagegen ein wirksames Mittel?"

Die angestaubte Apothekerin überlegt lange und ruft dann schließlich laut nach hinten: „Katharina, hier ist ein Kunde, der ist so wahnsinnig potent, dass er jeden Tag 8 x kann. Was sollen wir dem geben?"

Antwortet von hinten eine begeisterte Frauenstimme: „Ich würde vorschlagen, wir geben ihm pro Monat 500 Euro und frei Kost und Logis!"

Ein Mann, der andauernd unkontrolliert in die Hose pinkelte, suchte deswegen einen Psychiater auf. Nach mehrmonatiger Therapie war sein Leiden zwar immer noch nicht behoben, aber inzwischen ist er stolz darauf.

Vorsicht!
Nicht jeder, der einem auf den Zahn fühlt, bohrende Fragen stellt, Nervtötendes von sich gibt, Tampons verteilt und Wurzeln entfernt, muss in Wirklichkeit ein Doktor der Zahnmedizin sein.

Als er nach seinem schweren Unfall endlich aus dem Koma erwachte, erkannte er noch ziemlich undeutlich den Kardiologen Dr. Hans-Otto Pumpe. Spätestens jetzt wurde ihm bewusst, dass er in höchster Lebensgefahr schwebte.

Patient: „Was verlangen Sie für das Ziehen meines Zahnes?"
Zahnarzt: „48,56 Euro bei Barzahlung."
Patient schaut in seinen Geldbeutel: „Ich habe aber leider nur 15 Euro bei mir."
Zahnarzt schaut in seine Gebührentabelle und sagt bedauernd: „Für diesen Betrag könnte ich Ihren defekten Zahn lediglich etwas zum Wackeln bringen."

Auch wer noch sämtliche Weisheitszähne besitzt, muss deswegen noch lange kein Schlauberger sein.

Der Unterschied zwischen meinen Lottozahlen und meinem Zahnarzt liegt darin, dass er bei jeder Ziehung gewinnt.

Sollte mein Zahnklempner auch diesmal wieder einen Sehnerv anbohren, hetze ich meinen Blindenhund auf ihn.

Ist es nicht auffällig, dass bei einer Schlägerei am Tatort meist auch sofort ein Optiker und ein Zahnarzt auftauchen? Nicht umsonst heißt es ja schon in der Bibel: „Auge um Auge, Zahn um Zahn!"

Telefonat mit dem Hausarzt

(Ein Mann sitzt am Tisch vor dem Telefon, seine Frau sitzt ihm gegenüber. Er nimmt den Hörer und wählt die Nummer seines Hausarztes)

Arzt: Ja, hier Dr. Fieber-Messer.

Mann: Sind Sie´s Herr Doktor? Hier spricht der Gottfried Scheifele aus dem Schrebergartenweg 16 b.

Arzt: Ja, Grüß Gott, Herr Scheifele. Wie geht´s Ihnen denn. Haben die Zäpfchen gewirkt, die ich Ihnen verschrieben habe?

Mann: Genau deswegen ruf ich ja an, Herr Doktor. Ich hab immer noch wahnsinniges Ohrensausen, obwohl ich mir ein Zäpfchen ganz tief ins Ohr gesteckt habe. Ich hab´s auch vorsichtshalber in der Verpackung gelassen, wegen der Hygiene. Als auch das nichts geholfen hat, hat es meine Marie in Kamillentee aufgelöst, aber es hat nur fürchterlich geschäumt. Dann hab ich es halt runtergeschluckt. Aber die Schmerzen gehen immer noch nicht weg.

Arzt: Aber Herr Scheifele, ich hab's Ihnen doch erklärt, dass Sie das Zäpfchen anal anwenden sollen. Also probieren Sie es noch mal. Und wie gesagt: *Anal!*

Mann: Vielen Dank, Herr Doktor und auf Wiedersehen.
(Legt den Hörer auf und sagt zur Frau: „Anal hat er gesagt. Was meint er damit?")

Frau: Aber woher soll ich das denn wissen. Bin ich vielleicht ein Medizinmann? Du musst ihn nochmals anrufen.

Mann: (greift wieder zum Telefon)

Arzt: Hier Dr. Fieber-Messer. Wie kann ich Ihnen helfen?

Mann: Hier ist nochmals der Gottfried Scheifele. Entschuldigen Sie vielmals Herr Doktor, aber meine Frau weiß auch nicht, was *anal* heißt. Können Sie mir das bitte nochmals erklären von wegen dem Zäpfchen?

Arzt: Aber das ist doch ganz einfach zu verstehen, Herr Scheifele. Sie führen es einfach in den *Anus* ein. Tschüs und gute Besserung!

Mann: (zur Frau) Ich soll das Zäpfchen in den *Anus* einführen, hat der Doktor gesagt. Was ist das, ein *Anus?*

Frau: Immer dieses lateinische Zeugs. Kann der sich nicht Deutsch ausdrücken? Jetzt frag ihn halt nochmals.

Mann: Hier ist wieder der Gottfried Scheifele, Herr Doktor. Es tut mir schrecklich leid, aber ich hab's immer noch nicht ganz verstanden. Was soll ich mit dem Zäpfchen machen?

Arzt: (spricht ganz langsam und nachdrücklich) Herr Scheifele, wie oft soll ich es Ihnen denn noch erklären: Sie sollen das Zäpfchen *rektal* einführen! Und jetzt lassen Sie mich bitte endlich meine Arbeit machen. Mein Wartezimmer ist nämlich brechend voll.

Mann:	(zur Frau) *Rektal* hat er gesagt. Was bedeutet um Himmels Willen *rektal?* Schau doch mal im Kreuzworträtsel-Lexikon nach.
Frau:	(blättert im Wörterbuch) Recht, Regen, Reck – hier steht nichts von *rektal*. Bevor du etwas falsch machst, musst du ihn nochmals fragen. Nicht dass es nachher noch auf die Lebern bekommst oder sonst wohin.
Mann:	(wählt wieder die Nummer des Arztes) Herr Doktor, hier ist nochmals der Gottfried Scheifele...
Arzt:	(unterbricht ihn) Also, Herr Scheifele. Jetzt aber wirklich zum allerletzten Mal. Nehmen Sie endlich dieses gottverdammte Zäpfchen in die Hand und stecken es sich in den Hintern! (schmeißt den Hörer auf die Gabel)
Mann:	(zu seiner Frau) Du, ich glaub, jetzt ist er mir ernsthaft böse!

Wer mit einem grippalen Infekt in einen voll besetzten Zug steigt, sollte wissen, dass er als Träger biologischer Waffen hart bestraft werden kann.

Implantate beißen sich durch.

Manch Kranker, der einen Arzt aufsuchte, hat wesentlich zu dessen Gesundung beigetragen.

Einen Chirurgen erkennt man auf Anhieb daran, dass er seinen Rostbraten mit dem Skalpell zerlegt.

Nicht jeder, der mit einem steifen Hals zum Orthopäden kommt, ist in Wirklichkeit ein hochmütiger Mensch.

Dass man nicht wirke krank und alt,
kneipe täglich heiß und kalt.
Vitamine, Eisen, Jod,
schützen dich vor jähem Tod.

Die hartnäckige Verstopfung konnte durch Herrn Dr. Einlauf
problemlos behoben werden.

Schreiben des Chefarztes:
Muss Ihnen leider mitteilen, dass die Zusendung meiner Privat-
Liquidationen noch etwas dauern wird, da ich sie im Moment
nicht alle beisammenhabe.

Ihm wurde von seinem Hausarzt strenge Diät mit gleichzeitigem
Verzicht auf jeglichen Salzgenuss verordnet. Jetzt ist er verunsi-
chert, ob er bei seinem Italien-Urlaub am Meeresstrand überhaupt tief einatmen darf.

Die Frau des Autobosses wurde im Krankenhaus eingeliefert.
Diagnose: Akute Geldsucht.

Des Apothekers und des Arztes Dank
gilt jedem Bürger, falls er krank.
Am meisten schätzt er eine „Rasse“:
Privatpatienten 1. Klasse.

Der Fortschritt in der Medizin ist enorm. Als die Oma noch jung
war, musste sie sich bei der ärztlichen Untersuchung noch nackt
ausziehen; heute reicht es, wenn sie die Zunge zeigt.

Jugendlicher Sprachgebrauch

Ich gestehe reumütig: Ich bin ein konsequenter Verzichtling der so genannten „Sozialen" Netzwerke. Zwangsläufig rühren daher auch gewaltige Defizite in Sachen Jugendsprache. Erst neulich konnte ich eine Unterhaltung zwischen einem Teenie namens Mustafa (15 ½ Jahre alt) und seiner Duftschnecke Emma (13 Jahre alt) belauschen. Für den Fall, dass Sie ebenfalls zur Ü50-Bevölkerungsschicht zählen und ein ähnliches Sprach-Manko aufweisen wie ich, habe ich die jeweilige Übersetzung ins Deutsche in Klammern beigefügt.

Mustafa: Hi!
Emma: Hey, Opfer *(Trottel)*!
Mustafa: Dito, Schlampe.
Emma: Du schon ewig.
Mustafa: Vorhin dieses scheintote Krampfadergeschwader *(eine Ansammlung älterer Menschen)*, das aus dem Murmelschuppen *(Kirche)* kam. Einer war dabei mit solch einem Weizenspoiler *(Bierbauch)*. Und einige auch mit Fleischmütze *(Glatzkopf)*. Ekel!
Emma: Ja, da könntest du echt 'ne Straßenpizza produzieren *(sich übergeben)*. Hey, ich war gestern im Zappelbunker *(Disco)*. Hab meinen neuen Tittenstrick *(BH)* ausgeführt. Tarzan wurde so affengeil, der musste andauernd Schlendern *(Onanieren)*. Wirf mir mal 'nen Popelteppich *(Taschentuch)* rüber; ich glaub, ich hab die Rüsselpest *(Schnupfen)*.
Mustafa: Ist aber auch Nippelwetter *(Kälte)*. Komm, lass uns züngeln *(küssen)*, das wirkt wie ein Muschitoaster *(Sitzheizung)*.

Emma:	Nee, nee, da wirst du nur gamsig *(sexuell erregt)* und bekommst womöglich Hirnblähungen *(dumme Gedanken)*. Gib mir lieber ein Lungenbrötchen *(Zigarette)*. Und falls du auch deinen Taschendrachen *(Feuerzeug)* eingesteckt hast... Was war das für ein Geräusch? Hast du etwa Gesäßhusten *(Blähungen)*?
Mustafa:	Sei du mal ganz still, mit deinem Nuttendiesel *(schlecht riechendes Parfüm)*. Was kann ich für einen gelegentlichen Analseufzer *(Blähung)*, nur weil ich drei Döner geköpft habe? Mir wird es allmählich aber echt ungemütlich, ich muss ins Warme, sonst schrumpft noch mein Nahkampfstachel *(Penis)* auf Miniformat. Ich hab eh seit ein paar Tagen ein Auslaufmodell *(Blasenschwäche)*.
Emma:	Was soll ich da sagen mit meinem Ritzenputzer *(String-Tanga)*. Ich geh am besten auch nach Hause zu meinen Oldies *(Eltern)* und gönn mir ´ne Fressnarkose *(Mittagsschlaf)*.
Mustafa:	Du bist vielleicht ´ne Krass-Zicke.
Emma:	Schwing dich lieber auf deine Eierfeile *(Fahrrad)* und geh Hartzen, du Assi-Zwerg.
Mustafa:	Fuck you!
Emma:	Ins Knie.
Mustafa:	Aber´s linke.
Emma:	Selbst!
Mustafa:	Los, verpiss dich!
Emma:	Du aber auch.

m, w, d –
oder die zwischenmenschliche HOrmonie

Treueschwur-Testlauf
Wenn zwei sich das Versprechen geben,
sich treu zu sein fürs ganze Leben,
sollten sie zuvor auch wissen,
wie schön es ist in fremden Kissen.

Ein betagtes Ehepaar geht mit seinem Hund spazieren. Als ihnen ein Polizist begegnet, betrachtet der genau den Hund und erschießt ihn kurzerhand.

Das Paar stellt ihn empört zur Rede: „Was fällt Ihnen denn ein, einfach unser Tier umzubringen?"

Darauf der Polizist: „Ihr Hund hat die Räude, die ist sehr ansteckend."

Fragt die Frau: "Wie können Sie denn beurteilen, dass er die Räude hat. Sind Sie vielleicht Tierarzt?"

„Ganz einfach", sagt der Polizist, „sehen Sie doch nur den stieren, stumpfsinnigen Blick, die Hängeohren, die kahlen Stellen am Kopf und den hängenden Schwanz."

„Mensch, Otto", flüstert da die Frau ihrem Mann zu, „hau bloß schnell ab, sonst erschießt er dich womöglich auch noch."

Ein Haus steht in Flammen. Die alarmierte Feuerwehr versucht alles, den Brand zu löschen. Auch der Hausbesitzer kann gerade noch über die Drehleiter aus dem Obergeschoß in Sicherheit gebracht werden.

Plötzlich nehmen die Feuerwehrleute einen starken Karamell-geruch wahr und fragen den Eigentümer, was das wohl sein könne.

Der erstarrt vor Schreck und stammelt: „Um Himmels Willen. Das ist bestimmt meine Frau. Die ist nämlich schwer zucker-krank!"

Nachtaktiv
Mitten in der dunklen Nacht
hat Ralf sein Opfer dargebracht.
Auch die Geliebte war nicht faul.
Wird's ein Junge, heißt er Paul.

Der Nikolaus klettert durch den Kamin und landet im Schlafzim-mer der Tochter, die splitternackt auf ihrem Bett liegt.

Nachdenklich geht der Weißbärtige vor dem Bett auf und ab und auf und ab. Endlich sagt zu sich: „Tu ich's, komme ich nicht wieder in den Himmel. Tu ich's nicht, komme ich nicht wieder durch den Kamin...".

Es sollte keinen Schoß geben, in den wir nicht unsere Hände legen.

„Papi, was ist eigentlich ein Schwuler?"
„Frag nicht immer so dumm. Komm lieber her und mach mir den Büstenhalter auf!"

Im Lokal:

Er: „Es ist aus! Ich liebe dich nicht mehr! Ich finde dich langweilig, hässlich und dumm!"

Sie: „Das ist ja höchst interessant. Dann darf ich dir ja auch verraten, wie ich dich finde: Du bist ein aufgeblasenes, verkommenes, selbstgerechtes, arrogantes Arschloch!"

Er: (zu den Gästen): So dumm ist sie eigentlich gar nicht!"

Im Lederwarengeschäft:

Kunde: „Ich möchte gerne einen Koffer kaufen."

Verkäuferin: „Gerne, mein Herr. Schauen Sie sich doch einfach mal um. Wir führen Koffer in jeder Größe und Farbe."

Kunde: „Ah, da oben im Regal stehen ja auch noch welche."

Verkäuferin: „Möchten Sie denn, dass ich Ihnen einen runterhole?"

Kunde: „Oh, ja, warum nicht? Den Koffer kann ich auch später noch kaufen..."

Beim Tanzen:

Er: „Liebling, mal ganz ehrlich: Was würdest du bevorzugen. Einen hübschen, reichen oder einen klugen Mann?"

Sie: „Weder noch. Ich liebe doch nur dich!"

Im Park:

Ein 17-Jähriger geht im Stadtpark mit seinem Fotoapparat spazieren. Auf einer Bank sitzt ein bildhübsches Mädel mit einer Katze auf dem Schoß. Der schüchterne Jüngling überlegt krampfhaft, wie er sie auf nette Art ansprechen könnte.

Er: „Hi, dürfte ich vielleicht mal deine Muschi fotografieren?"

Sie: „Aber gerne, wenn du solange mein Kätzchen hältst."

Wenn ein Mann nachts laut schnarcht, überhört er dabei womöglich, was seine Frau im Schlaf Interessantes ausplaudert.

Eine schöne Frau wäre ja ganz schön dumm, wenn sie auch noch klug wäre.

Das Vorspiel kann man durchaus auch mit zwanzig Minuten Betteln vergleichen.

Nachts im Bett. Sie zu ihrem Mann: „Es würde mich unheimlich in Stimmung bringen, wenn du jetzt mal ein paar ganz schmutzige Wörter zu mir sagst!"

Darauf sagt er: „Küche, Bad, WC, Flur, Treppe."

Annalotte liegt mit Fieber im Bett. Obwohl sie alle beruhigen, bildet sie sich ein, dass ihre letzte Stunde geschlagen hätte.

„Ich sterbe", flüstert sie ihrem Mann zu.

„Ach was", entgegnet dieser. Du wirst sehen, in drei Tagen bist du wieder quietschfidel".

„Nein, nein, ich spüre, dass es zu Ende geht. Du musst mir aber eines jetzt schon versprechen: Deine nächste Frau darf auf keinen Fall meine Kleider anziehen."

„Aber Schatz, wie soll das gehen, sie hat doch Konfektionsgröße 36."

Detlef war in der Besenwirtschaft und hat ein paar Gläser Wein zu viel getankt. Im Zickzackkurs begibt er sich auf die Rückfahrt und wird prompt von einer Polizeistreife gestoppt.

Der Beamte riecht sofort die Fahne und sagt streng: „Bitte aussteigen. Jetzt wird geblasen!"

Darauf Detlef hocherfreut: „Ochott, ochott, bei euch wird man aber verwöhnt..."

Bei einem Beratungsabend für Jungvermählte werden auch Möglichkeiten der Empfängnisverhütung angesprochen. Aus dem Teilnehmerkreis werden die üblichen Methoden vorgeschlagen (Präservativ, Knaus-Ogino, Pille, Spirale etc.), bis sich eine Frau zu Wort meldet und sagt, sie wende die „Eimer-Methode" an.

Auf Bitte der Ärztin erklärt die Frau: „Ganz einfach und hundertprozentig sicher. Wir machen es im Stehen. Da mein Mann kleiner ist als ich, stellt er sich auf einen Eimer und sobald ich merke, dass er die Augen verdreht, trete ich schnell den Eimer unter ihm weg."

Genormte Heiratswerbung

Viel Freude macht, was wohl bekannt,
für Mann und Frau der Ehestand.
Zu dieser Logik man sich zwingt,
doch eh´ man sich `ne Frau erringt,
ist´s nötig, dass man mit Bedacht
ihr einen Heiratsantrag macht.
Der eine macht ihn glutvoll, heiß,
der andre schüchtern, zart und leis.
D e r drückt sich stark pathetisch aus,
d e r wieder hochpoetisch aus.
Der eine laut, der andre smart,
kurz, jeder hat so seine Art.
Doch häufig wendet solch ein Mann
bei seinem Antrag Worte an,
die ihm, wenn er den Faden spinnt,
beruflich recht geläufig sind.
So hab ich vier Stück hier geformt,
streng fachlich, frei nach DIN genormt,
die mancher heiratslust´ge Mann
für sich als Muster nehmen kann.

Für einen *Doktor Medizin*
mir dieses Schema nützlich schien:

„Die wunderschön orthopädische Form Ihrer entzückenden unteren Gliedmaßen, wie die anatomisch mustergültige Form Ihres herrlichen Körperbaus haben mir eine derart erhöhte Herzfrequenz verursacht, dass ich eine völlige Genesung nur durch einen festen Verband unserer Herzen erhoffe. Bestellen Sie mich bitte zum Vertrauensarzt Ihres Lebens und befürchten Sie nicht, dass ich Sie in Bezug auf gastrologische Behandlung auf leichte Diät setzen werde, da ich vom medizinischen Standpunkt aus für reichlichen Stoffwechsel bin. Bitte betrachten Sie meine Konsultation nicht als hoffnungslosen Fall und würde ich mich glücklich schätzen, Ihr für mich schlagendes Herz in liebevolle Dauerbehandlung nehmen zu dürfen."

Für `nen *Monteur für Draht und Kabel*
find ich d e n Antrag akzeptabel:

„Da Sie schon seit längerem der Magnet meines Herzstromkreises sind, will ich endgültig mit meinem Alleinsein als Isolator Kurzschluss machen und bitte Sie, mit mir am gemeinsamen Kabel der Ehe zu ziehen. Der Starkstrom meines Herzens erglüht für Sie in Hochfrequenz und wäre ich dankbar, wenn ich mit Ihnen ein störfreies Leben im Gleichstrom verbringen könnte. Für den nötigen Draht und Impuls werde ich stets bemüht sein, so dass für eine bruchlose Montage Ihrer glücklichen Zukunft, wie auch unserer später hoffentlich eintrudelnden kleinen Lamellen, immer gesorgt ist. Ich hoffe schnellstens mit Ihnen in Kontakt zu kommen und sehe einem bestens geerdeten Anschluss mit Hochspannung entgegen."

`Nem *Schaffner von der Straßenbahn*
wär's mit d e m Antrag recht getan:

„Da Sie noch nicht besetzt sind, gestatte ich mir, erforderlichenfalls per Notbremse um Sie anzuhalten. Indem ich Sie bitte, für meine fernere Lebensfahrzeit mein Anhänger zu sein, verspreche ich Ihnen, in unserer Ehe eine gute Plattform zu reservieren und werden Sie immer auf dem Vorderperron meines Herzens stehen dürfen. Sie werden mit mir stets gut fahren und ich werde Ihnen auch niemals ein misstrauischer Kontrolleur sein, wie ich Ihnen gleichfalls nie das Wirtschaftsgeld abgezählt bereithalten werde.

Meine Treue wird nie auf eine falsche Weiche geraten.

Ich würde vor Freude quietschend aus den Schienen springen, wenn ich Ihnen einen Ehefahrschein nicht nur für eine kurze Teilstrecke, sondern bis zur Endstation knipsen könnte."

Mit einem Muster ich jetzt diene
für einen *Herrn von Film und Bühne:*

„Ich bitte Sie inständigst, die einzige weibliche Hauptrolle in dem Ehespiel meines Lebens zu besetzen. Betrachten Sie, gnädiges Fräulein, diesen Antrag nicht als ein kurzes Gastspielangebot, sondern als ein festes Engagement bis zu meinem Abgang durch die Mitte. Ich werde Ihnen während der ganzen Dauer unseres Zusammenspiels stets mit der ungeschminkten Wahrheit entgegentreten und immer auf eine dekorativ, wie kostümlich erstklassige Ausstattung bedacht sein. Bei Temperamtsausbrüchen Ihrerseits werde ich nie aus der Rolle fallen, da ich an solcherlei Szenen und Auftritte gewöhnt bin.

Ich hoffe, dass ich durch Ihre Annahme unseres Engagement-Vertrags zudem bald in das Vater-Fach wechseln kann und begebe mich freudig unter Ihre charmante Regie.

Wenn Ivanka nicht meine Tochter wäre, würde ich sie wahrscheinlich daten.

Meine Finger sind lang und schön, wie - wie gut dokumentiert wurde - auch andere Teile meines Körpers.

Das Schöne an mir ist, dass ich sehr reich bin.

Ich denke, ohne Twitter wären wir verloren. Wir könnten die Wahrheit nicht mehr verbreiten.

Es spielt wirklich keine Rolle, was die Medien schreiben, solange du einen jungen und schönen Hintern hast.

Ich könnte jemanden mitten auf der 5th Avenue in New York erschießen und die Leute würden mich trotzdem wählen.

Wenn Hillary Clinton nicht einmal ihren Ehemann befriedigen kann, was lässt sie glauben, sie könnte Amerika befriedigen?

Ich danke dem Establishment. Viele von diesen Leuten sind meine Freunde. Ich gratuliere euch, dass ihr so viel Geld aufgetrieben habt, um gegen mich Stimmung zu machen. Und sorry, dass es nichts nützt.

(Donald Trump – Er ließ mir keine Wahl. Alle Zitate sind Volltreffer, sodass ich auf kein einziges verzichten wollte...)

Kurioses – weltweit mitbelauscht, mitgehört, mitgeschrieben und mitbelächelt.
(Nach eigenem Gusto gutartig aufgepeppt)

Einer aufmerksamen Zöllnerin an einem Flughafen fiel auf, dass die Hose eines männlichen Passagiers vorne ungewöhnlich stark ausgebeult war. Bei der eingehenden Überprüfung stellten die Beamten einen Zwergaffen in der Unterhose sicher. Dieser Schmuggelversuch war damit buchstäblich in die Hose gegangen. Ein paar Tage zuvor war auf einem anderen Flughafen in Fernost ein Mann mit zehn Schildkröten ebenfalls in der Unterhose gefasst worden – in diesem Fall allerdings an der Rückfront.

Ein Ruhestands-Landwirt produzierte völlig arglos und ohne böse Absicht rund 1.000 Cannabispflanzen. Eigentlich hatte er nur Sonnenblumen anpflanzen wollen. Mangels passendem Blumensamen säte er auf seinem Feld Vogelfutter aus. Dieses enthielt jedoch neben Sonnenblumenkernen anscheinend auch Hanfsamen. Die von besorgten Nachbarn alarmierten Rauschgiftfahnder akzeptierten jedoch seine Unwissenheit und ließen Gnade vor Recht ergehen. Als nette Geste überreichten sie ihm einen Strauß mit Sonnenblumen aus dem Blumenfachgeschäft.

Der israelische Präsident Benjamin Netanjahu hatte sich bei einem Benefiz-Fußballspiel am Bein verletzt und musste einen Gips tragen. Dieser Gipsverband wurde nun im Internet für 82.000 Euro von einem Bieter namens „Foul" ersteigert.

Im Innenbereich einer Großstadt wurde Gas-Alarm ausgelöst. Bauarbeiter riefen die Feuerwehr, nachdem sie einen stechenden Gestank feststellten. Wegen drohender Explosionsgefahr wurden die angrenzenden Häuser evakuiert. Bei der intensiven Suche nach der Geruchsquelle stießen Feuerwehr und Stadtwerke auf ein mobiles Klo. Nachforschungen ergaben, dass ein Passant das Häuschen wegen eines äußerst dringenden Bedürfnisses aufgesucht hatte, nachdem er vorher drei Döner mit viel Knoblauch und Zwiebeln zu sich genommen hatte.

Eine deftige Visitenkarte hinterließ ein Unbekannter auf einem Audi A 8, der auf dem privaten Abstellplatz geparkt war. Der Täter hatte den Wagen von der Windschutzscheibe über das Dach bis zum Fahrzeugheck mit BIO-Sauerkraut bedeckt. Die Polizei vermutete, dass womöglich ein Vegetarier extrem sauer auf den Wagenbesitzer sein müsse.

Wer in einer indischen Kleinstadt an einen Baum pinkelt, muss mit lauter Begleitmusik rechnen. Die Ortsverwaltung hat Freiwillige eingestellt, die sich mit Pfeifen und Trommeln hinter die Wildpinkler stellen sollen, um sie so bei der Bevölkerung öffentlich *bloßzustellen.*

Der Fahrer eines Sattelschleppers wurde von seinem Navi derart fehlgeleitet, dass er völlig die Orientierung verlor. Der 40-Tonner fuhr sich in einem geschotterten Waldweg namens *Totenweg* fest. Prompt sackte der Untergrund unter der Last ein, sodass der Transporter von einem Kran der Feuerwehr wiederbelebt werden musste.

Erstmals hat ein russischer Astronaut seine Steuern direkt aus dem All bezahlt, indem er dazu einen speziellen Zugang über ein Internetbanking-System nutzte, um etwaige Mahnungen an seine Heimadresse zu vermeiden. Inzwischen sollen sich mehrere deutsche Finanzämter sehr stark für diese Alternative interessieren.

Eine australische Weltuntergangssekte muss mehrere Hunderttausend Dollar Steuern an den Staat nachzahlen, weil sie ihren abgabefreien Status verloren hatte. Die Welt war nämlich bekanntlich nicht, wie von ihr vorhergesagt, bereits im Jahre 2012 untergegangen.

Ein Stromanbieter in Neuseeland schickte an eine Straßenlaterne eine Mahnung und drohte mit dem Abdrehen des Stroms, falls nicht umgehend bezahlt würde. Der von einem Computerprogramm erstellte Brief war adressiert an „Bewohner, 771800 Straßenlaternen, 8 Overhead Drive, Omabumba."

Einer 106-Jährigen US-Bürgerin wurde fast 90 Jahre nach dem Ende ihrer Schulzeit endlich ihr Abschlusszeugnis ausgehändigt. Sie hatte sich damals standhaft geweigert, sich in eine spezielle Lektüre zu vertiefen. Immerhin durfte sich die „Abschlusslose" beruflich viele Jahre als Köchin bewähren, worauf ihr die Schulbehörde in Form einer Goodwill-Aktion nun doch das Zeugnis nachträglich überreichte.

Ein Königspinguin namens Sir Nils Olav durfte an mehr als fünfzig in Reih und Glied angetretenen Soldaten der Leibgarde des norwegischen Königshauses entlang watscheln. Dieser tierische Auftritt im Zoo von Edinburgh ist Teil einer Zeremonie mit langer Tradition. Der geadelte Pinguin wurde aus diesem Anlass zum Brigadegeneral mit Pensionsanspruch befördert.

Wer weiß das nicht: Eine Zahnbehandlung kann teuer werden. Dem versuchte ein 49-Jähriger in seinem Wagen auf einer Bundesstraße zu entgehen, indem er sich – in voller Fahrt – selbst mit einer Hand einen schmerzenden Zahn zog. Leider kam das Auto dabei von der Straße ab, überschlug sich und landete im

Graben. Der Mann blieb unverletzt. Allerdings entstand durch die eigenhändige Zahnentfernung am Fahrzeug ein Schaden von 2.000 Euro.

Mit vereinten Kräften haben Fahrgäste eines liegengebliebenen Bummelzuges in Bayern Erste Hilfe geleistet, indem sie ausstiegen, den fabrikneuen Triebwagen anschoben und damit wieder in Fahrt brachten. Das Zugbegleitpersonal spendierte den „Anschiebern" daraufhin beim nächsten Halt als Dankeschön eine kräftigende Brotzeit samt Maß Starkbier.

Der mecklenburg-vorpommersche Landtag hat nach langwierigen Beratungen beschlossen, das längste im Deutschen existierende Wort aus dem Landesrecht zu verbannen. Dieses hatte es auch nie in den Duden geschafft, weil es im Umgangssprachgebrauch eher von untergeordneter Bedeutung war. So sind die 63 Buchstaben des *Rindfleischetikettierungsüberwachungsaufgabenübertragungsgesetzes* endgültig Geschichte.

Durch die Erhöhung des Bahnsteigs in einem niedersächsischen Bahnhof sollte der Einstieg in die Züge für Rollstuhlfahrer und Gehbehinderte erleichtert werden. Durch einen Planungsfehler lassen sich nun jedoch infolge der Erhöhung die Türen des Bahnhofgebäudes nicht mehr öffnen. Reisenden wird als Alternative angeboten, durch ein geöffnetes Fenster am Gebäude zu klettern, um zu den Zügen zu gelangen.

Ein französischer Bahnreisender hatte sich beim Versuch, sein Handy aus der Zugtoilette zu angeln, den Arm so unglücklich eingeklemmt, dass er von der Feuerwehr befreit werden musste. Der Schnellzug nach La Rochelle hatte dadurch zwei Stunden Verspätung. Der Arm des 26-Jährigen war durch den Saugmechanismus in die Schüssel hineingezogen worden. Als er auf einer Trage aus dem Zug gebracht wurde, steckte sein Arm immer noch im Toilettenabflussrohr.

Wie sich erst nachträglich herausstellte, hatte der ehemalige französische Staatspräsident Nicolas Sarkozy im Wahlkampf 34.500 Euro für Schminkutensilien aufgewendet. Weil ein großer Teil der Makeup-Ausgaben aber privater Natur war, erklärte sich die dafür zuständige Finanzkommission nur zu einer anteilmäßigen Erstattung bereit. Deutsche Finanzämter stellen nun angeblich Überlegungen an, ob bei reichlich geschminkten Fernsehstars wie beispielsweise Daniela Katzenberger, Simone Thomalla oder Heidi Klum ähnlich verfahren werden sollte.

Zum Entsetzen des Aufsichtspersonals in einem Kunstmuseum machte sich eine 91 Jahre alte Besucherin mit Hilfe eines Kugelschreibers an einem der ausgestellten Kunstwerke zu schaffen. Das moderne Gemälde zeigte ein Kreuzworträtsel und die hilfsbereite Rentnerin bemühte sich, einige noch offene Kästchen mit den Lösungsbuchstaben zu ergänzen. Obwohl das Kunstwerk den Namen „Insert words" trug, war die Museumsleitung leider weniger amused vom Engagement der geistig regen Dame.

In der Silvesternacht hatte sich in Österreich ein Jugendlicher eine besondere Mutprobe ausgedacht: Er ließ sich von seinen ebenfalls in Feierlaune befindlichen Freunden eine Feuerwerksrakete zwischen die Pobacken klemmen und anzünden. Nach Polizeiangaben hatte jedoch der junge Mann vor Schreck die Backen so sehr zusammengekniffen, dass die Rakete noch *vor Ort* explodierte.

Ein Freiluft-Liebespaar hatte sich beim nächtlichen Sex in einer Schwarzwaldgemeinde so heftig in eine Brennnesselzone manövriert, dass heftige Schreie der Frau einen Polizeieinsatz auslösten. Eine Anwohnerin glaubte an ein Verbrechen und wählte den Notruf. Die herbeigeeilte Streife konnte am „Tatort" anhand der Pusteln auf dem Rücken der Frau zweifelsfrei ermitteln, dass es sich weder um Hilfe- noch um Lustschreie gehandelt hatte.

Einem französischen Fischkutter ging vor der britischen Südküste versehentlich ein portugiesisches U-Boot buchstäblich ins Netz. Das Boot, getauft auf den Namen „Liberdade" (Freiheit) hatte sich während einer gemeinsamen Übung mit der britischen Marine in dem Fischernetz verfangen. Nachdem das U-Boot dennoch auftauchen konnte, nahm die Besatzung mit den Fischern Kontakt auf und das Netz wurde abgetrennt. Außer dem gefangen genommenen Marinemitglied fanden sich noch dreiundzwanzig Doraden und fünf Seebarsche im Fangnetz. Verletzte waren nicht zu verzeichnen.

Eine Statue eines Straßenkünstlers erzielte bei einer Auktion in Los Angeles einen Erlös von mehr als 20.000 Dollar. Das wenig schmeichelhafte nackte Abbild des US-Präsidenten Donald Trump trägt den Titel „The Emperor has no Balls" (frei übersetzt: „Der Kaiser hat keine Eier"). Der Erlös soll einer Einrichtung für körperlich und geistig Behinderte gespendet werden.

Auf den Anruf eines Freiers hin, der sich in seinem aktiven Tun gestört fühlte, rettete die Polizei einer deutschen Großstadt ein drei Wochen altes Lamm aus einem Bordell. Das Lamm, das auf den Namen „Bumsi" hört, wohnte dort quasi als Untermieter im Arbeitszimmer einer Prostituierten. Auf dem Polizeirevier wurde das Tier mit der Flasche verwöhnt, bevor sich der Tierschutzbund seiner annahm.

Nachdem ein Braunbär über einen Bandscheibenvorfall klagte, wurde dieser von einem Expertenteam aus Tierärzten in Israel behandelt. Bevor das 250 Kilogramm schwere Tier für die weltweit erste Wirbelsäulen-OP vorbereitet wurde, waren 15 Mitglieder einer Mucki-Bude erforderlich, um Bär „Tango" auf den OP-Tisch zu hieven. Inzwischen geht dieser wieder beschwerdefrei seinen Männerpflichten im Safari-Zoo von Tel Aviv nach.

Aus einer misslichen Lage konnte die Polizei einen Igel befreien. Das Tier hatte auf seiner nächtlichen Futtersuche mit dem Kopf zu tief in einen Joghurtbecher geschaut. In diesem Zustand versuchte der stachelige Allesfresser vergeblich, eine Straße zu überqueren, bis ihn die Beamten von seiner unfreiwilligen Kopfbedeckung befreien konnten.

Ein kubanisches Baby-Krokodil durfte die Generalaudienz des Papstes im Vatikan besuchen. Obwohl nur 30 cm lang, mussten mehrere Tierpark-Mitarbeiter dem Reptil aus dem römischen Bioparco-Zoo die gefährliche Klappe zuhalten, um die Zeremonie nicht zu stören. Das vom Aussterben bedrohte Exemplar sollte an die Gründung des Tierparks erinnern.

Sie liebte ein gepflegtes Glas Bier im Pub, zusammen mit einer Tüte Chips. Doch obwohl die Stute Camilla dabei nie randalierte, darf sie jetzt – gemeinsam mit ihrem Besitzer – das Lokal im Nordosten Englands nicht mehr betreten. Grund: Die Kneipe wurde frisch renoviert und ein neuer Teppich verlegt. „Auch wenn Camilla wahrscheinlich sauberer ist als viele meiner anderen Gäste, musste ich leider ein Machtwort sprechen", sagte die Pub-Besitzerin.

Polizisten stoppten zwei Radfahrer, die splitternackt über die Hafenpromenade eines Badeparadieses fuhren. Die Beamten reagierten jedoch relativ großzügig: Da man Nackten nun mal nachweislich nicht in die Tasche greifen kann, um die an sich fällige Geldbuße zu begleichen, kamen die Täter mit einer *Verwarnung für Radfahren ohne Schutzhelm* davon.

Queen Elizabeth hatte bei einer Verlosung ein Badeöl und zwei Stücke Seife gewonnen. Bei der Tombola in einer Londoner Schule wurden nämlich zwei Gewinnlose zugunsten „Die Königin, Buckingham Palast" gezogen. Ein Höfling des Palastes, dessen Kinder an der betreffenden Schule sind, hatte der Monarchin die Lose verkauft. Wie aus gut informierten Kreisen verlautet, soll die Queen aus solchen Aktionen sogar eine Gummiente für die Badewanne besitzen.

Reiter bemalen ihre Pferde gerne mit einem Zebrastreifenmuster, in der Hoffnung, dass Bremsen und Stechfliegen damit der Appetit vergeht. Biologen haben nämlich erforscht, dass die Fellzeichnung bei Zebras vor Insekten schützt. Im Internet geben Pferdebesitzer entsprechende Anstreich- und Materialtipps.

Auch wenn das Reich der Habsburger längst Geschichte ist, schwelgt man im Nachbarland Österreich noch gerne in Nostalgie. So hat eine – nachweislich getragene – Uniformunterhose aus dem Besitz von Kaiser Franz Joseph bei einer Versteigerung in Wien immerhin 2.500 Euro eingebracht. In diesem Zusammenhang ist auch interessant, dass in Frankreich die Mär kursierte, Napoleon habe deshalb immer rote Hosen getragen, damit man im Verletzungsfall das Blut nicht sah. Unser GRÖFAZ trug stets braune Hosen, aus welchem Grunde auch immer...

Ein 84-jähriger Rentner soll dem italienischen Staat einen Cent zurückzahlen, den er angeblich in den 90er Jahren zu viel aus der Rentenkasse erhalten hatte. Das per Einschreiben zugestellte Schreiben (Porto 5 Euro) nennt eine Zahlungsfrist von einem Monat, räumt aber entgegenkommenderweise ein, dass Stundung beantragt werden kann. Der Sohn des Schuldners möchte die Schuld nun in Raten abstottern.

In einer Kommune in der Nähe von Mailand wird mit einem deftigen Bußgeld zur Kasse gebeten, wer das „große Geschäft" seines vierbeinigen Lieblings auf Straßen, Gehwegen oder in Parks liegen lässt. Diese Häufchen werden von Mitarbeitern der Stadtverwaltung eingesammelt, um davon eine DNA zu erstellen, die in einer speziellen Datenbank katalogisiert wird. Über eine Laboranalyse kann dann das Herrchen des Übeltäters ausfindig gemacht werden. Ein Vorgang, der nachlässigen Hundehaltern gewaltig stinken wird.

Auf einer Balearen-Insel überraschte die Polizei bei einer nächtlichen Kontrolle drei Urlauberpaare beim Gruppensex in einem fahrenden Kleinbus. Das Sextett wurde kräftig zur Kasse gebeten, weil es während der Fahrt nicht angeschnallt war.

Im Streit um einen Kaiserschnitt prügelten sich im sizilianischen Messina zwei Klinikärzte mitten im Kreißsaal. Die Fäuste flogen und eine Glasscheibe sowie bereitgestellte Blutkonserven gingen zu Bruch. Die Entbindung der höchstschwangeren Patientin verzögerte sich dadurch um anderthalb Stunden.

Der Fernsehmoderator Günther Jauch hat offensichtlich Probleme, seinen eigenen Wein zu erkennen. Dem Talkmaster und Hobby-Winzer wurde von einem Fernseh-Redakteur ein Wein von dessen Weingut in Rheinland-Pfalz serviert. Jauch konnte ihn jedoch nicht zuordnen und kritisierte: „Ich weiß wirklich nicht, was für einen Fusel Sie mir hier eingeschenkt haben".

Eine Stadtverwaltung im Schwäbischen verschickte einen Bußgeldbescheid wegen „zu langsamen Fahrens". Einem 68-Jährigen wurde darin vorgeworfen, bei einer zulässigen Höchstgeschwindigkeit von 100 km/h nur 87 km/h gefahren zu sein und damit nachweislich 13 km/h zu wenig.

Japan beabsichtigt, wegen der hohen Erdbebengefahr sämtliche Fahrstühle mit mobilen Toiletten und Trinkwasservorräten auszustatten. Anlass war ein starkes Erdbeben im Raum Tokio, wodurch in der Hauptstadt 19.000 Fahrstühle vorübergehend außer Betrieb waren. Es dauerte Stunden, bis die steckengebliebenen Insassen befreit werden konnten.

In einem Finanzamt-Neubau sollen extra ausgebildete Beamte im Brandfall in Tröten blasen. Weil versäumt wurde, das 16-Millionen-Gebäude mit Brandmeldeanlagen auszustatten, sind stattdessen zwei Dutzend solcher *Warninstrumente* als manuelle Brandalarmhupen verteilt worden.

Deine Stimme klingt ätzend. Ätzend für ´nen Kloreiniger ist geil, ätzend für ´ne Stimme ist scheiße.
(Dieter Bohlen)

Für uns ist nicht entscheidend, wer in der Hofburg hockt und Augarten-Porzellan verteilt.
(Sebastian Kurz)

In my homeland Baden-Württemberg we are all sitting in one boat.
(Günther Oettinger)

Eine ganze Sinfonie würde mich langweilen.
(André Rieu)

Warum lassen sich die Menschen ihren Hintern verbreitern? Haben sie Angst davor, ins Klo zu fallen?
(Markus Maria Profitlich)

Manchmal ergibt auch eine schwere Geburt ein schönes Kind.
(Jogi Löw)

Denken beim Reden ist auch nicht so einfach.
(Angela Merkel)

Von Sessel-Furzern und Hämorrhoiden-Quetschern
(Behörden, Versicherungen und, und, und...)

Unfall-Schilderungen

Nachdem ich infolge einer mich kreuzweise gefährdenden ansehnlichen, extrem miniberockten, schmollmündigen Blondierten mit Kurzhaarschnitt, 28 ½ Jahre alt, Konfektionsgröße 32, die Beherrschung meines dreijährigen Fahrzeugs total verloren hatte, prallte ich genauso geistesabwesend wie schmerzverzerrt gegen eine völlig unerwartet abseits der Straße auftauchende Hauswand mit der Bezeichnung Strichweg 21.

Dies führte dazu, dass ich auf der Stelle unbewusst wurde. Gleichzeitig verlor ich auch noch meine Gesinnung. Seither weist mein Gehirn nur noch heftigste Lücken auf.

Der Unfall trat überhaupt nur deshalb auf, weil ich mir von der Unfallbeteiligten ein vollkommen falsches Bild gezeichnet hatte. Die von mir an den unteren Extremitäten nur leicht gestreifte Person ist nämlich lediglich eine ortsbekannte Dirne, so dass im äußersten Fall ein Sachschaden in Betracht kommen kann.

Als ich gestern zur Mittagszeit am Imbiss „Heute ist mir alles Wurscht!" mein bescheidenes Mahl einnahm, rutschte ich unglücklich auf einer zu Boden gefallenen Pommes inklusive Mayonnaise aus, wobei ich mir die Kniekehle verrenkte. Als ich mein Haus betrat, rutschte ich auf der frisch gebohnerten Treppe aus, was meine Schulter nachhaltig schädigte. Zu guter Letzt zog es mir unter der Dusche die Beine weg, was zu einer heftigen Kontaktaufnahme meines Kopfes mit der Duschwand führte. So bin ich von Kopf bis Fuß mit heftigen Schmerzen befallen, was mich zu einem Bettlägerigen machte. Ich bitte daher um wohlgefällige Schonung und Genehmigung meiner vorübergehenden Abwesenheit meines Arbeitsplatzes.

Am vergangenen Samstag befuhr ein beträchtlich angetrunkener Autolenker von vorne meinen Friseursalon und schädigte ihn. Während der aufwendigen Reparaturarbeiten war ich nur beschränkt im Einsatz, was bewirkte, dass ich die Kunden nur noch hinten rasieren, haarschneiden und färben konnte.

Geehrte Glasversicherung!
Als vor dem Haus eine Schlägerei im Gange war, wollte ich hinausschauen. Ich dachte, das Fenster sei offen. Es war jedoch geschlossen, was sich relativ schnell herausstellte, als ich meinen Kopf hindurchstreckte.

Die Unfallzeugin Jeanette Übelhör wohnt nicht in der Gottlieb-Achterbahn-Straße 7, sondern im Salzigen Weg 23. Sie heißt auch nicht Übelhör, sondern Schmittlaus und ist männlichen Geschlechts.

Die Schäden an meinem Verarry entstanden durch urplötzliches Austreten des Wildschweines auf der Fahrbahn.

Die im August bei mir unfallbedingt vorgenommene Schildkröten-Operation hat erheblich zur Besserung meiner Beschwerdlichkeiten beigetragen.

Ich war schwerstens erkrankt und bin deshalb zweimal fast gestorben. Ich bitte Sie daher, mir vorläufig wenigstens das halbe Sterbegeld auszuzahlen.

Der Unfall entstand deshalb, weil das Moped Ihres Versicherten mich unverhofft mit zahlreichen Pferdestärken anraste.

Vorsichtig wie ich bin, schaute ich vor dem Überqueren der Fahrbahn gleichzeitig nach links, nach rechts und geradeaus.

Als ich auf das Bremspedal treten wollte, war dieses urplötzlich nicht mehr vorhanden.

Mein Auto prallte genau in dem Augenblick auf das andere, als wir uns begegneten.

Ich überschlug mich mehrmals, um einer schweren Kollision mit dem entgegenkommenden Wagen aus dem Weg zu gehen.

Als das Verkehrsschild auf mich zuraste, wollte ich ihm Platz machen und stieß dadurch frontal mit ihm zusammen.

Ich war noch gar nie in der Lage, feige Fahrerflucht zu begehen. Beim ersten Mal war ich ohne jede Besinnung und bei allen weiteren Versuchen landete ich stets im Rettungswagen.

Notiz des Vollstreckungsbeamten
Maximilian W.O. Eintreiber

Mein Versuch der Vollstreckung gegen den amtsbekannten Schuldner Heinz-Otto Habenichts verlief leider erfolglos, da dieser sich einer erneuten Pfändung seiner bescheidenen Habseligkeiten unangemeldet und somit ohne vorherige ausdrückliche Genehmigung durch meine Person entzog, indem er eine bereits durch mich gepfändete Faustfeuerwaffe des Fabrikats Beretta 9 mm Magnum auf sich selbst richtete und mehrere Schüsse mittels unversteuerter Munition abgab.

Dieses an sich schon unerlaubte Erschießen bei Gefahr im Verzug bewirkte, dass ich auf der Stelle den von blankem Entsetzen geprägten und mit Blut getränkten Pfandort fruchtlos verließ, was mich zu meinem tiefsten Bedauern um den Ansatz der an sich fälligen Vollstreckungsgebühren brachte.

Seien Sie versichert...

Meine Schwiegermutter lebt zwar noch bei uns; ich bin aber gegen Hagel und sonstiges Unheil versichert.

Nachdem die Operation meines Gedärms bösartig ausfiel, sind mir diesbezügliche Unkosten erheblich auf dieses geschlagen. Ich bitte daher um Zuteilung einer *gutartigen* Haushaltshilfe.

Es gelang mir, den Audi Kuh 5 dadurch zu überholen, indem ich mich mehrmals erfolgreich überschlug.

Nach dem Auffahren des Unfallgegners sah ich hinten verdammt zerknautscht und deformiert aus. Auch mein Auspuff war nicht wiederzuerkennen.

Ich finde es eine Unverschämtheit, dass Sie die Kosten für die Bestattung nicht anerkennen wollen. Sterben S i e erst einmal, dann werden Sie schon sehen, was das alles kostet!

Die Grundstücksbewertung für uns ist sauschlecht. Wir liegen direkt neben einer Bundesstraße und bei starkem Verkehr wackeln sogar unsere Betten.

Möchte Ihnen anzeigen, dass ich einen Schaden habe. Ein Einbrecher hat sich nämlich meines Weinkellers bemächtigt und lieh sich dabei eine Flasche *Baron de Rothschild* Jahrgang 1982, Blanc de Blanc aus dem Eichenholz-Barriquefässchen aus. Der Baron war mindestens 130,86 Euro wert.

Und dann ist da ja noch das von allen heißgeliebte Finanzamt...

Ich suche ergebenst um Fristverlängerung für die Steuererklärung nach, da ich in der vergangenen Woche wieder beruflich unterwegs war und mit meinem Chef auswärts schlafen musste.

Wir können unmöglich die von Ihnen geforderte Nachzahlung leisten. Wir würden sonst Monate lang in der Luft hängen und müssten ein Loch mit dem anderen schließen.

Ich möchte die beiliegend aufgeführte Fachliteratur absetzen, da ich als Prostituierte schließlich ständig auf dem Laufenden sein muss.

Wie ich von Kollegen gehört habe, können Sie die Lohnsteuer auch niederschlagen. Schlagen Sie also meine Steuer so sehr nieder, dass sie nie wieder aufstehen kann.

Ich mache insofern außergewöhnliche Belastungen geltend, als ich um Kostenerstattung für sechs Massagen bitte, die meinem völlig entnervten Nacken endlich wieder auf die Beine halfen.

Ich werde demnächst ein Mädchen treffen und möchte ihr dabei einen Heiratsantrag machen. Kann ich die anschließend verwendeten Kondome als *Werbungskosten* absetzen?

Sa-*tier*-isches

Braves Hundchen
„Ja, du bist aber lieber Hund.
Ein weiches Fell und so gesund.
Und kräftig bellen kannst du schon,
dein Knurren hat beschützend` Ton.
Man sieht, du fühlst dich pudelwohl.
Lauf jetzt schnell los, das Stöckchen hol!
Auch gehorchen kannst du fein!"
Da biss der Köter mich ins Bein...

Pferdammt noch mal!
Meine Sekretärin hat sich mal wieder *pferdrückt*.
Jetzt bin ich aber fix und *pferdig*.
Womit habe ich das nur *pferdient?*
Ich werde noch *pferrückt!*

Mehrere Waldarbeiter wurden von Wildschweinen angefallen,
die gerade mit Holzfäll-Arbeiten beschäftigt waren.

Fische lieben nun mal kein Antischuppen-Shampoo.

Hat die Blume einen Knick,
war der Schmetterling zu dick.

Dinosaurier-Baby:	„Mama, wenn ich sterbe, komme ich dann in den Himmel oder in die Hölle?"
Mutter:	„In keines von beiden, mein Kind. Du kommst ins Museum!"

Als ein Hundehalter seinen Rottweiler-Rüden ausführte, fiel dieser eine sehr attraktive unbehundete Spaziergängerin an und biss sie in den Oberschenkel. Die derart Geschädigte hob den Rock bis zur Hüfte und zeigte dem Hundebesitzer die Bisswunde, worauf dieser ihr auf der Stelle einen Heiratsantrag machte.

Wer stinkt, hat mehr vom Leben

„Pfui Teufel, du riechst ja erbärmlich", sagte das Krokodil zum Stinktier.

„Da hast du vollkommen recht", erwiderte dieses geknickt. „Andererseits verarbeitet mich deswegen auch niemand zu Handtaschen, Schuhen oder Gürteln."

Seit dieser Zeit vergießt das Krokodil die nach ihm benannten riesengroßen Tränen.

Ein Adler frisst eine Maus, hat aber Verdauungsprobleme.
Die Maus schaut hinten heraus und fragt: „Hey Adler, sag wie hoch fliegen wir?"
Adler: „Fast zweitausend Meter!"
Maus: „Mach jetzt bloß keinen Scheiß!"

Zwei Ziegen gehen auf der Weide spazieren. Sagt die eine: „Kommst du nachher mit ins Kino?"
Darauf die andere: „Nee, null Bock!"

Zwei Ferkel unterhalten sich. Fragt das eine: „Was willst du eigentlich später mal werden?"
Sagt das andere stolz: „Wurst!"

Ein Regenwurm lugt bei bestem Wurmwetter aus dem Boden und singt voll Hingabe: „Chanson d`amou...ou... our".
Im nächsten Moment nähert sich ein Rasenmäher und röhrt: „Ra-ta-ta-ta-ta...!"

Ein dunkles Mammut fragt das helle Mammut: „Wie heißt du eigentlich?"
„Gestatten: *Hell*mut".

Auf einer einsamen Waldstrecke tauchte vor dem großvolumigen SUV plötzlich ein Straßenschild auf: „Vorsicht Krötenwanderung! Schrittgeschwindigkeit fahren!" „Ausgemachter Blödsinn", fluchte der Pseudo-Formel-1-Fahrer und schaltete noch einen Gang höher. Rücksichtslos donnerte er über die gemütlich spazierengehenden Tiere und zerquetschte sie zu einer schleimigen Masse, worauf er prompt die Kontrolle über seinen Schlitten verlor und in den Graben rutschte. Als er sich aus dem Wagen gerettet hatte und wieder zur Straße ging, sah er ein paar Meter weiter noch ein Schild, auf dem eine Kröte abgebildet war:

„Wir brachten dich aus deiner Spur.
S o rächte sich die Kreatur!"

Eine Frau kommt mit der kleinen Tochter zum Psychiater.

„Stellen Sie sich vor, Herr Doktor, die Annabell glaubt doch tatsächlich, sie sei ein Huhn."

Der Arzt beruhigt sie und erklärt ihr, dass bei Kindern in diesem Alter oftmals die Phantasie durchgehe. Wie lange denn die Wahnvorstellung schon andauere.

„Zwei Jahre, Herr Doktor."

„Was, Ihre Tochter glaubt bereits seit zwei Jahren, sie sei ein Huhn? Warum sind Sie denn nicht früher gekommen?"

„Ja wissen Sie, Herr Doktor, wir sind arme Leute und konnten die Eier sehr gut gebrauchen."

Im Hof der Irrenanstalt zieht ein Patient an einer Hundeleine eine Zahnbürste hinter sich her. Ab und zu bleibt er stehen und schimpft mit der Bürste: „Hör endlich auf zu bellen, Hasso, sonst weckst du ja noch das ganze Hotel auf!"

Ein Arzt kommt vorbei und fragt: „Na, Herr Direktor, wie geht's denn heute dem Hasso?"

Der Patient schaut ihn erstaunt an. „Aber Herr Doktor, halten Sie etwa diese Zahnbürste für einen Hund?"

Der Arzt entfernt sich kopfschüttelnd. Der Patient schaut ihm nach und wendet sich an die Zahnbürste: „Hast du das gehört Hasso? Der hat's doch tatsächlich geglaubt!"

Was sagt ein Oktopus-Weibchen zu einem lästigen Anmach-Typ?

„Nimm die Hand da weg! Und die auch! Und die auch! Und die auch!"

Wen erstaunt es heute eigentlich noch, wenn...

...er ihr die Sterne vom Himmel holt, obwohl sie ihm an sich vollkommen schnuppe ist

...ein Sprengmeister eine neunmonatige Weltreise bucht

...ein total vereinsamter Single sich einen hypermodernen Zweiteiler kauft

...ein Antiquitätenhändler eine Minderjährige heiratet

...eine lahme Ente mittels Turbo-Pferdestärken auf Trab gebracht werden soll

...man einen lustgeilen Matrosen gerne als *Meerschweinchen* bezeichnet

...im Zug ein Fahrgast auf die schiefe Bahn gerät

...jemand an einer roten Ampel anhält, obwohl er doch eigentlich vorhatte, ins Grüne zu fahren

...ein kurzsichtiger Rentner langfristig Geld anlegt

...ein Angler einen tollen Hecht mit Hilfe eines Schwimmers an Land zieht

...ein zum Tode Verurteilter vor seiner Hinrichtung auf dem elektrischen Stuhl als letzten Wusch äußert, doch lieber stehen bleiben zu dürfen

...ein Erdkundelehrer bei einem leidenschaftlichen Date sämtliche Grenzen überschreitet

...eine Patientin beim Psychiater ihr übervolles Herz ausschütten möchte, nachdem sie im heimischen Garten ein Blumenbeet mit „Tränenden Herzen" bepflanzt hat

...eine Dame im Bekleidungshaus nach einem Plissee-Rock verlangt, der perfekt mit ihren Gesichtszügen harmoniert

...ein Nachtwächter sich nach einer super-bequemen Matratze erkundigt

...die Filmfestspiele en Masse Künstlerinnen *anziehen*, die ausschließlich dadurch zu Ruhm und Geld kamen, weil sie sich ständig für ihre Rollen *auszogen*

...ein Fußkranker inklusive doppeltem Meniskusschaden und Kreuzbandriss sich nonstop rasante Tanzmusiktitel reinzieht

...böse Zungen behaupten, Tilmann Valentin Schweiger würde sich endlich zu einem Schauspielkurs anmelden, Haaarald Glööckler gerne Profi-Musiker werden und Sebastian Vettel eine Fahrschule für Senioren eröffnen

...ein Mönch wegen Missbrauch von Messdienern für Jahre in einer einsamen Zelle büßen muss

...an der Zufahrt zum Friedhof ein Schild „Sackgasse" angebracht ist und vor sämtlichen Radwegen „Vorsicht, Smombie kreuzt!"

...wenn der glückliche Gewinner einer Kreuzfahrt diese wegen starker Kreuz-Schmerzen nicht antreten kann

...ein Autohaus namens Rost beim Neuwagenkauf eine langjährige Garantie gegen ebendiesen gewährt

Wohl bekomm´s!

Ob im Urlaub, im Hotel, in der Kneipe, im Restaurant, Biergarten, in der Döner-Bude oder ganz gemütlich beim Grillen

„Herr Ober, was können Sie mir heute empfehlen?"
„Gute Zähne, mein Herr!"

Schmorbraten

Beim Kochen muss man heftig leiden,
beginnt man mit dem Zwiebelschneiden.
Danach bei Herdes größter Hitze
bereite man aus Mehl ´ne Schwitze.
Nun das Fleisch plus Butterfett
in den Bräter, wenn man hätt´.
Geschmack wird ganz besonders fein,
wenn man würzt mit rotem Wein.
So lief mein erster Kochversuch
mangels Rezept und solchem Buch.
Dann war der Braten schwarze Masse.
Doch die Sauce, die war Klasse...

In einem schottischen Kochbuch findet sich folgendes Rezept für eine Gourmet-Tomatensuppe (vier Personen):
„Man bringe einen Viertelliter Wasser in einem Topf zum Kochen und gieße dieses in rote Teller."

Glücklich ist, wer verfrisst, was nicht zu versaufen ist.

Gammeln härtet ab

Ich gebe Gas, ich muss mich sputen,
denn ich befördere zwei Puten
von *Wiesenhof* weit übers Land.
D e m Lieferanten, wohl bekannt.
Außerdem fünf Kilo Schwein,
abgelagert muss es sein.
Die Sonne brennt aufs Autodach,
drinnen liegen Tiere flach.
Doch ist das Fleisch schön angetaut,
wird´s auch beim Essen schnell verdaut.
Haltbarkeit ist einerlei.
Auf Etikett stand zwanzigzwei.
Fleisch schimmert grün, sieht nicht gut aus.
Vielleicht mach ich Gehacktes draus?
Und die Puten, diese zwei,
bereite ich nach „Art der Thai".
Wir freuen uns auf unsre Gäste.
Seid willkommen zu dem Feste!

Wie heißt der Chef von McDonalds in Istanbul?
Izmir Übel.

„Schöne Frau", fragt in der Bar ein Unwiderstehlicher
seine Nebensitzerin, „warum machen Sie denn beim
Trinken immer die Augen zu?"
„Der Arzt hat mir verboten, zu tief ins Glas zu schauen."

„Herr Ober, die Tasse hat doch einen Sprung!"
„Da sehen Sie mal, wie stark unser Kaffee ist!"

Ein Schotte steht an der Rezeption des Hotels und erkundigt sich nach den Zimmerpreisen. Als er diese erfährt, sagt er: „Eigentlich benötige ich gar kein Zimmer. Ein langer Flur würde mir auch reichen – ich bin nämlich Schlafwandler."

Eis-Saison

„Beim Italiener kauf mir Eis",
sagt sie, „heut ist so schrecklich heiß!"
Gesagt, getan, in Warteschlange
stehen wir dann reichlich lange,
bis sie eins auf die Waffel kriegt
und sich ganz zärtlich an mich schmiegt.
Mein Hemd ziert Schoko und Pistazie,
doch ich bleib höflich, sage „Grazie!"
Von ihren Lippen Mocca, Nuss,
schmelze ich per schmachtend Kuss.
Aus linker Hand tropft Soft-Zitrone.
Nur die rechte ist noch ohne.

„Mein Herr, wie schmeckt Ihnen unser gelagerter Wein aus dem Eichen-Barrique-Fässchen?" fragt der Kellner. „Köstlich", antwortet der Gast höflich. „Mir läuft richtig das Wasser im Mund zusammen."

Ein Mann betritt die Kneipe. In der rechten Hand trägt er eine verschlossene Einkaufstüte aus dem Supermarkt. Er schlägt mit der Tüte auf die Theke und verlangt einen Schnaps. Er bekommt diesen, kippt ihn hinunter und schlägt wiederum die Tüte auf die Theke. Danach bittet er um einen doppelten Schnaps, trinkt ihn und haut nun mit der Tüte erst recht wütend und unbeherrscht auf die Theke. Danach will er einen dreifachen Schnaps, den er ebenfalls auf einmal wegschluckt.

Wirt: Kummer? (schenkt dem Gast ein neues Glas ein).
Gast: (lallend) Und ob! Seit zehn Jahren spiele ich jetzt Lotto - Woche für Woche. Immer dieselben Zahlen. Den Geburtstag von meiner Alten und von dem Schwiegerdrachen: 4, 9, 12, 26, 28, 30. Nie was gewonnen! Aber diesmal wären es 500.000 Mäuse gewesen. Wenn meine Alte, diese blöde Kuh, nicht vergessen hätte, den Lottoschein abzugeben.
Wirt: Mann Gottes, der hätte ich glatt den Kopf abgerissen!
Gast: Was glauben Sie denn, was ich hier drin habe? (trommelt pausenlos mit der Tüte auf die Theke).

Ein Mann in den besten Jahren betrat mit einem Deutschen Schäferhund eine Gaststätte. Nach ein paar Drinks erzählt er dem Wirt, sein Hund sei so perfekt dressiert, dass er jede Frau vernaschen würde, wenn er es ihm befiehlt.

Eine rassige Blondine hört dies mit und sagt zu dem Tierfreund: „Na, das möchte ich aber mal sehen. Was halten Sie denn davon, wenn ich Sie und ihr Super-Hündchen zu mir nach Hause einlade?"
Gesagt, getan. Sie gingen zu ihr, sie zog sich aus, legte sich aufs Bett und sagte erwartungsvoll: „Also, los jetzt!"
Der junge Mann schnippte mit den Fingern: „Tu`s, Hasso!"
Doch der Hund rührte sich nicht. Auch als der Mann nochmals befahl: „Tu`s, Hasso!", reagierte der Hund wieder nicht.
Da zog sein Herrchen die Hosen aus und sagte vorwurfsvoll: „Das ist jetzt aber das allerletzte Mal, dass ich es dir vormache!"

Wie man sich mästet, so wiegt man.

Eine Zeitungsente wird nicht dadurch bekömmlicher, dass man sie delikat füllt und perfekt anrichtet.

Einen Kaviar-Fan bezeichnet man auch als *rogensüchtig.*

Es wird mit Recht ein guter Braten
gerechnet zu den guten Taten. *)
Drum meide ich den Fleischlos-Wahn,
man nennt ihn neudeutsch auch vegan.
     *) Wilhelm Busch

„BIO" ist d a s Modewort.
Man riecht´s sogar auf dem Abort.

Ein betrunkener Tourist steht vor einem Pub. Mit
glasigen Augen starrt er einen einheimischen
Passanten an und fragt mit lallender Stimme:
„Hey, Mann, hab´ ich was in meiner rechten Hand?"
„Nein", sagt der Vorübergehende wahrheitsgemäß.
„Schluck! Dann hab ich aber etwas in der Linken?"
„Nein, auch nicht!"
„Verdammter M..M..M..ist! Dann pinkle ich mir schon
 wieder in die Hose!"

Kellner: „Wünschen Sie die Forelle blau?"
Gast: „Nein, vor den Getränken würde ich gerne zuerst
          etwas essen!"

„Herr Ober, was können Sie heute empfehlen?"
„Ochsenzunge in Madeira."
„Schön, und was gibt es hier?"

Kellner zum Restaurant-Gast: „Heute haben wir
delikate Zunge auf der Karte, mein Herr."
„Nein, ich mag nichts, was schon jemand im Mund
gehabt hat. Wissen Sie was, bringen Sie mir bitte zwei
Eier."

Ich kenne einen, der wurde über Nacht zum
eingefleischten Vegetarier.

„Mama, ich mag das Zyankali nicht."
„Halt die Klappe!"
„Mama, es schmeckt nicht!"
„Schau den Opa an – der trinkt es in einem Zug!"

Der Kannibalen-Häuptling hat eine Touristin gefangen.
Genüsslich schnalzt er mit der Zunge und zerrt die
blonde Susi aus dem bayrischen Ampermoching in sein
Zelt. Nach einer Weile hält es die hungrige
Kannibalentochter nicht mehr aus und schaut nach,
was der Papa denn wohl kocht.
Entsetzt rennt es zur Mama: „Komm schnell, der Papa
wälzt sich auf unserem Mittagessen herum!"

In der Metzgerei
Kundin: „Ich hätte gern ein Kilo Hackfleisch."
Metzger: „Gemischt oder nur vom Rind?"
Kundin: „Rind – ich weiß nicht … Ist das nicht gefährlich?
            Man hört im Moment so viel.
            Rinderwahnsinn und solche Sachen…"
Metzger: „Ach, was. Reine Panikmache.
            (ruckt und zuckt mit dem Kopf, den Schultern und den Bei-
            nen): Schauen Sie mich an, ich esse schließlich auch
            täglich Rindfleisch!"

Der Ober fragt den Gast: „Waren Sie mit dem Fisch zufrieden, mein Herr?"
„Na ja, so klein und schon so verdorben!"

Fragt der Küchenchef die Bedienung: „Was hat der Herr denn in unser Gästebuch eingetragen?"
„Nichts – er hat einfach sein Schnitzel reingeklebt!"

Gast: „Herr Ober, so geht das nun wirklich nicht! Ich warte jetzt schon eine Stunde auf mein Fünf-Minuten-Steak."
Ober: „Haben Sie ein Glück, dass Sie nicht die Tagessuppe bestellt haben..."

Ein heftig betrunkener Gast verlässt die Kneipe und kommt aber nach ein paar Minuten wieder zurück.
„Herr Wirt, haben Sie eine schwarze Katze?"
„Nein."
„Eine Katze mit einem weißen Kragen?"
„Nein, wir haben überhaupt keine Katze."
„Verdammt, dann habe ich womöglich wieder den Pastor überfahren!"

„Hallo, Bedienung! In meiner Suppe schwimmt ein Gebiss!"
„Oh, laffen Fie mal fehen!"

Gast: „Herr Ober, ich hätte gern den
       Ochsenschwanz und dazu zwei Eier."
Ober: „Ich auch!"

Als Egon spätabends aus der Kneipe vom Skat nach
Hause kommt, wacht seine Frau von einem lauten
Krach auf.
„Ist was passiert, Egon?" ruft sie.
„Meine Schuhe sind umgefallen."
„Aber das macht doch nicht solch einen Lärm."
„Doch, ich stand ja noch drin!"

„Herr Ober, dieser Hund starrt mich dauernd so
böse an."
„Kein Wunder, Sie essen ja auch von seinem Teller!"

In einem Gourmet-Restaurant fragt der Gast den
Kellner: „Ist dieser Salatteller wirklich für zwei?"
„Selbstverständlich, der Herr."
„Aber warum befindet sich dann nur e i n e Schnecke
darin?"

Der Barmixer bringt die bestellten Drinks an den
Tisch, stolpert dabei und gießt dem Gast die Drinks
aufs Jackett.
„Haben Sie ein Glück, mein Herr, dass Sie trockene
Martinis bestellt haben", sagt der Unglücksrabe.

Beim Urlaub im Ausland oder auf nicht deutschsprachigen Kreuzfahrtschiffen wird man immer wieder mit originellen Übersetzungen der Speisekarten gefüttert:

Gehacktes Schwein rund gemacht *(Buletten)*

Schwein Rippen kaputt, dann klopfen und von beid Seit gebröselt *(Schweinekotelett)*

Vom Fisch Kopf ab, Schwanz ab, Kräten fort. Auf Feuer von schwarz Kohle geworfen. Jede Seit vier Minut brennen. Fertig. *(Schollenfilet al forno)*

Käse rennt davon. Zum Frühen Stück. *(Schmelzkäse. Zum Frühstück)*

Roast Turkey *(Gebratene Türkei)*

Geschlachtet Gemüse, gekocht in Ochs-Brühe. *(Minestrone)*

Huhn-Mann, geschwitzt und gedreht auf heißem. *(Hähnchen)*

Gedünstetes Hummel. *(Gedünsteter Hummer)*

Ich mache das, weil ihr Erwachsenen auf meine Zukunft scheißt.
(Greta Thunberg)

Der Druck entlädt sich beim Torschuss – ein Wahnsinns-Feeling. So ähnlich wie beim Sex.
(Jürgen Klinsmann)

Geh du Penner! Aber vorher zeig mal deine dumme Fresse auf deinem Profil...
(Til Schweiger)

Die Regierung will mit dem Ausbau der Ganztagsbetreuung eine ,kulturelle Revolution' erreichen. Wir wollen die Lufthoheit über unseren Kinderbetten erobern!
(Olaf Scholz)

Ich bin so deutsch, ein Stolzer zu sein.
(Mathias Richling)

Man darf die Haare beglückwünschen, dass sie diesen Kopf verlassen durften.
(Karl Dall)

Wenn ich geliebt habe, dann immer mit Haut und Haaren.
(Simone Thomalla)

Soll ich chronologisch oder alphabetisch antworten?
(Sherlock Holmes)

Wenn von einer Million Pflegekräften 100.000 nur 3-4 Stunden mehr pro Woche arbeiten würden, wäre schon viel gewonnen.
(Jens Spahn)

Wer nicht wirbt, der stirbt

Willst du kaufen, mieten, sterben,
musst du in der Zeitung werben.
Suchst du Auto, Urlaub, Frau,
erfährt es jeder nun genau.

Rüstige Rentnerin (87, R + T), mit AOK-Oberkieferprothese sucht die Bekanntschaft eines adäquaten, vitalen und gut situierten Herrn von zirka 92 Jahren (Pensionär ab Besoldungsgruppe A 16 wäre angenehm) mit intakter, beißfähiger Unterkieferprothese zum gemeinsamen Dinner bei Kerzenschein.

Ich habe den allergrößten…
…Bedarf an gebrauchten Möbeln,
Küchengeräten, Melkmaschinen und Traktoren.

Ich entsorgen alles, auch deine
Alt Möbbel, Berber, Pornohs, Hörgerätt,
Rolstuhl, Zähne, kaputt Viecher.
Für dich nix Geld!

Melde bei Unfuk Erdal, Frankfurd, 3 x klingeln

Verloren!

Glasauge rechts, dunkelbraun, (Merkmal: schielend) bei einem intimen Date im Café „Schönblick" vermutlich infolge zu heftigen Zwinkerns entfallen.
Wer es erblickt, möge es bitte bei der Glasbläserei Hell & Dunkel (zu Händen Herrn Prokurist Edgar Pupill) abgeben.

Musik-Studentin

wünscht sich möbliertes 2-Zimmer-Appartement mit überbreitem Bett, in dem sie auch zertifizierten Unterricht auf Blas-Instrumenten gegen Gebühr erteilen kann.

Schüchtern? Vorbei!!!

Nie wieder in Gegenwart des anderen Geschlechts erröten, nie wieder an Lampenfieber leiden, Stottern, von plötzlichem Harndrang, vorzeitigem Samenerguss oder unkontrollierten Blähungen gepeinigt werden.
Sofortige Abhilfe schaffen die Kur-Packung „Ciao Versagen!" und Ihre Zusendung von nur 55,00 Euro im verschlossenen Kuvert zu Händen Herrn Iwan Godczynsky, Untere Holzlaube 33a, Hintereingang, Nürnberg.

Garantie!

Sofortige Heilung von Bettnässen sowie Schluckauf. Nur Alter und Netto-Monatsverdienst angeben. Heinz-Egon Pämper, Postfach, 017452 Nasskirchen.

Bei diesen Meistern der edlen Malkunst habe ich Werke entliehen, um sie mit Promis der Neuzeit zu „schmücken":

Christofano Allori
Andrea del Sarto
Hans Baldung, um 1525
Domenico Beccafumi, um 1519
Giovanni Bellini, um 1501-05
Joachim von Sandrart, 1643
Dominique Ingres
Tizian, um 1550
James Ensor, 1899
Lovis Corinth, 1900
Otto Dix, 1926
Honoré Daumier, um 1868
Chaim Soutine, 1927
Jean Dubuffet, 1949
Othon Friesz, 1907
Thomas Gainsborough, 1785
Anton Graff, nach 1770
Jean-Baptiste Greuze
Erich Heckel, 1910
Max Slevogt, 1902
Michiel, Jansz. Van Miereveld, 1641
Gustav Klimt, um 1914
Antoine Watteau
Petrus Christus, 1449
Glasmalerei Augsburger Dom, um 1100
Georges Rouault
Rembrandt, 1654
Georges Braque, 1939
Hans Memling, ca. 1490
Ernst Josephson, 1881
Francisco de Zurbarán, ca. 1660
Frans Hals, um 1628/30

Bisher von RUDI HANS BÖHRET - auch unter seinem Pseudonym FABIO MAROTTI - erschienene Bücher (auch als eBook):

Heiteres in Wort & Bild	vergriffen!
Besser vom Böhret gezeichnet als vom Leben	vergriffen!
Augen auf!	Restexemplare beim Autor
Deftig-derbe BauernSprüche	
Ene mene mu - und tot bist DU!	Krimi-Parodien
VIPikaturen in der Tasche sind `ne originelle Masche	Karikaturen-Band
Was, schon wieder Venedig?	Listige Reise-Reportagen
Es war kein Hexenschuss	Parodien auf Groschen- und Schnulzenromane
Tausche Krähenfuß gegen Lachfalte	Alltägliches - gereimt und ungereimt
Keine Gnade für Blondinen	Kriminalroman aus der Region
Liebe Grüße vom Humpelstilzchen	Skurrile Kurz-Krimis
Flotte Linse & kesse Lippe	Fotoband mit satirischen Untertiteln
gut abgehangen	Krimi-Parodien
Euch schaffe ich auch noch	Satire pur – aus allen Lebenslagen
Ene mene miste – und DU liegst in der Kiste!	Krimi-Parodien
Morgenstund mit Blei im Mund	Krimi-Parodien